FLORET

READING

小花阅读

我们只写有爱的故事

青春阅读　幸得相见

【那是秘密啊】系列03

我无法学会与你告别

闻人可轻 著

大鱼
有爱的青春陪伴者

百花洲文艺出版社
BAIHUAZHOU LITERATURE AND ART PRESS

闻人可轻 | 小花阅读签约作者

患有强迫症的伪温顺狮子座。
爱音乐、爱电影、爱动漫，男神是二次元里的夏目。
认为世界上没有什么事情是甜蜜的提拉米苏解决不了的，如果有，那就两块。
写故事是终生梦想，同时希望可以做一个温暖的虔诚的讲述者。

已出版：《等我嫁给你》《春江水暖》《时光好又暖》《再靠近一点点》

作者前言

ZUOZHE QIANYAN

2013 年的夏天有幸认识了 D 小姐，D 小姐有一个青梅竹马的男朋友 H 先生在我们那座城市里当武警。

那年夏天，我们那座城市举办了一次世界性的国际活动，H 先生不可避免地要参与巡逻执勤。

D 小姐是我暑期打工那家店子的店长，七夕节那天特意给我们那群单身狗放了半天假。都说了是单身狗自然不会去情侣们会去的地方，但假期只有半天也去不了什么特别的地方。沿着国际活动举办会用到的那条街瞎逛，于是在红绿灯十字路口撞见了令人感动不已的画面，并且狠狠地吃了一把狗粮。

平时看起来御姐范十足的 D 小姐一手拿冰镇可乐一手举着太阳伞放到正在站岗执勤的 H 先生的头顶。

呃，我很无聊，站在那里大概看了十多分钟，H 先生身姿挺拔，标准的军人姿态，烈日当空站在那里一动不动。而我们的D小姐，从始至终一脸慈母笑，没有丝毫抱怨不说还乐在其中不能自拔。

D小姐做那些当然不是想表现自己有多圣母，只是单纯地觉得，那种节日H先生不能陪她，那她就陪他，即便只是站在一起。

你以为这样就完了？

不，我们的D小姐不是本地人，这座城市也并非H先生的家乡，换句话来说，我能认识D小姐完全是因为爱情，哦，不是我跟她的爱情，是D小姐和H先生的爱情。

D小姐算是现代版千里寻夫的主人公了，跟着H先生的一路上没少吃苦，可她依旧觉得自己很幸福。比如说H先生会在巡逻的时候专门多走几步来到我们店子前面朝正在跟他打招呼的D小姐微笑，D小姐经过他的单位如果正遇到他在门口站岗，H先生身体一定会一动不动，但眼珠可能要随着D小姐转个180度了……

不是什么很惊天动地的爱情故事，也不是会被后世传颂的佳话篇章，可我却一直都记得，D小姐跟我说的那些话。她说恋爱的对象如果是当兵的男生，一开始就要做好自己付出更多的准备，节假日不会有惊喜甚至没有陪伴，灯泡要自己换，电影要一个人看，有时候也会觉得委屈和辛苦，可是想想那个人是他啊，其他的也就是不重要了。

她说得风轻云淡，可是我听得却怪不是滋味的，我知道H先生心里一定也是如此。

想到一首歌，里面是这么唱的——你不扛枪我不扛枪，谁来保卫咱妈妈谁来保卫她……你不站岗我不站岗，谁来保卫咱祖国谁来保卫家……

很直白的诉说，却精准无误地表达了军人铁骨铮铮之下柔软又温情的心吧。

我对军人有过无限想象，也曾经无比憧憬过，恰好上一个故事写完之后，若若姐建议我可以写和军人有关的题材，心里很激动，甚至大纲一个晚上就写好了，但是在写作的过程当中，却遇到了一句两句话说不清楚的艰难。

一次次和若若姐讨论情节，一次次地修改，一次次地推翻重来，真的是非常非常非常感谢若若姐的耐心指导。

最后一次交稿，不知道为什么，跟男女主之间好像产生了一种微妙的感情，总觉得和他们纠缠那么久的不是故事里的那些配角，而是我。

不管怎么说都是第一次尝试这种还算是比较热血的题材吧，自己对军人的那份崇敬啊，可能只是表达出了一点点，不过能有机会将心中想了很久的东西拿出来，我算是幸运的了。

那么，感谢你看到，我们下一个故事再见吧！

闻人可轻

目录

WOWUFAXUEHUI
YUNIGAOBIE

第一章

DIYIZHANG

求婚

四月十七这个日子，梁深晚很不喜欢。

夜深寒重，华城西南隅的洛家，灯火通明。灯影顺着玻璃门窗溜到院子里的草坪上，泛光的草色迷迷蒙蒙的，好像在预示这场雨会下很久。

屋内，大厅，人影晃动。小孩子们穿梭在桌椅墙柱之间，欢闹嬉笑的声音盖住了二楼微微的叹气。

“很无聊吧？”洛长白不知道什么时候站在了梁深晚背后。

梁深晚回头，双手轻轻地在鎏金栏杆上拍了两下，勉强又局促地笑：“还没恭喜你毕业呢！”

洛长白靠近她，温柔地问："你这么说，是在责怪我今晚没抽出时间陪你吗？"

"你知道，我不是这个意思。"

他从身后拿出了毕业证书递到梁深晚面前："这个作为我向你求婚的礼物，不知道你能不能接受了？"

燕大的博士毕业证书。

这哪里是在求婚，分明是在打脸。

六年前，洛长白诚意十足地提着厚重彩礼向梁家提亲，梁深晚当场拒绝，说的可是，有本事你考个博士，考上了我就嫁。

到现在，当时在场的人都忘不了，那天梁深晚脸上的不可一世还有洛长白低到尘埃里的卑微。

现在可好，人家不仅考上了还把毕业证书甩在她脸上。

面对洛长白温文儒雅的笑容，梁深晚哪里还有当初一丁半点盛气凌人的模样。

不答应就是卑鄙小人，答应，恐怕以后日子不好过！

"答应，答应，答应……"

凌安知和其他几个高中同学不知道什么时候窜过来的，听到洛长白求婚就跟着起哄。

梁深晚乜斜了凌安知好几眼，对方不仅一点自知都没有，还把洛长白的毕业证书夺过去塞进她的手里。

梁深晚眼睛一闭，恨不得飞身下楼抽把水果刀插进凌安知那颗榆木脑袋里。

凌安知一走就是好几年，期间全然不联系，好不容易回来一趟，还净干些让人糟心的事。

“长白，”梁深晚笑着将证书还回去，“今晚主要是庆祝你博士毕业的，不好让其他事情抢了风头。”

“我考博士的目的，你最清楚。所以，这不是抢风头，而是锦上添花。”

梁深晚呵呵一笑，装作听不懂，把证书还给他：“对啊，对啊，考博士确实不容易，快把证书收起来，千万别搞坏弄丢了。”

“你这是算是，又拒绝我了？”洛长白收起笑容，空气顿时安静。

“咳咳……”梁深晚清了清嗓子，“我是说，求婚的话咱们普通一点就行了。”

凌安知朝洛长白使了个眼色：“还等什么，赶紧拿出来啊！”

洛长白心领神会地从裤子口袋里掏出戒指，单膝跪地：“晚晚，我等这一刻已经等了六年，别说让我考个博士，只要能娶到你，就算是让我再去……”

“好了好了，我知道了。”梁深晚眼睛一黑立马接过他递来的戒指握在掌心，生怕他再说下去，保不齐就真的要去博士后流动站搞科研了。

洛氏集团唯一的儿子，为了一个梁深晚放着家里的生意不接手，跑去当科学家，她这算是间接造福人类，还是在毁灭一个商业帝国，只怕到了洛家家长那里说不清楚。

洛长白兴奋地站起来抱住梁深晚："太好了，晚晚，我一定会好好对你的。"

梁深晚长叹一口气，总算过去了。

订婚宴定在下个月十七号。

皇历上的那天，宜嫁娶，忌远行。

回家的路上，梁深晚一言不发。

凌安知自知理亏，低着头偷偷瞄了她几眼，说不上话只能跟梁浅初打哈哈。

"浅初哥，这车新买的吧？"

梁浅初撇嘴一笑，知道她是在找话："有几年了，你不在华城，可是错过了很多精彩。"

"比如，你悄无声息地结婚，还一言不合就生了一对龙凤胎，现在都能打酱油的这件事？"

这么说就没意思了，当年梁浅初是有心追她，可她一心扑在贫苦地区的公益事业里，一走就是很多年，结婚生子这种俗事，她凌安知可瞧不上。

"说这些干吗？"不过对于她清楚自己境况这件事，梁浅初心里多少有些安慰。

在路口打了左拐，穿过一片茂盛的榕树林，梁家门口的两盏灯就出现在了眼前。

梁深晚下车，一手提着裙摆，一手扣着大衣扣子。细长的白色高跟踩在积水的路面上“咔嗒”作响。

三月夜风，有些冷。

还没进门，屋里就冲出来两个圆团子，软软糯糯的，一人抱住梁深晚一条腿。

“姑姑，你这么晚回来是不是给我和亦幻带好东西了？”梁浅初的儿子梁亦真抬着头，睁着一双乌溜溜的眼睛问。

梁深晚抱起梁亦真在他脸上轻啄了一下：“今天姑姑太忙了，改天好吗，现在乖乖去睡觉。”

“这个漂亮阿姨是谁？”梁亦真盯着凌安知问。

“漂亮？”梁深晚捏了捏他的小脸，“亦真啊，小小年纪眼神就不好使了？”

梁亦真瞬间明白她的意思，抱住她的脸亲了一口：“我姑姑才是最漂亮的。”

凌安知：“……”

保姆陈阿姨过来将两个孩子带走，梁深晚问她：“我爸妈还没有回来吗？”

“说的是在准备过几天的新品发布会，要晚点。”

梁深晚点了点头，不等梁浅初进门，打头上楼，凌安知跟在后面。

梁家的这栋房子一共四层。

一楼是厨房、客厅、餐厅，有几个房间是给保姆和司机住的。

二楼是梁深晚的，梁浅初和韩影带着两个孩子梁亦真、梁亦幻住在三楼。

梁家呈和胡丹花住在顶楼。

推开房门，冷风就从对面未关的窗子里窜了进来。

凌安知缩着脑袋赶紧走过去将窗子关掉。

回头正好看到梁深晚将晚宴上得到的求婚戒指丢进小厅梳妆台上透明的水晶存钱罐里。

“不是吧，晚晚，这是你的求婚戒指哎。”凌安知冲过去将存钱罐抱起来，那戒指已经顺着缝隙滚到了罐中间。

梁深晚白了她一眼：“你好意思跟我提这事？”

“你，什么意思？”

“我什么意思？要嫁的话，我能等到现在？”

凌安知知道她并不喜欢洛长白：“不喜欢的话，你可以不接受啊。”

“我现在有拒绝不了的理由，”说着她从手包里找出一枚硬币丢进存钱罐，“之前跟你说的那件事，你帮我找了没有。”

凌安知扭头坐到沙发上，盘起双腿：“大小姐，你不会真的想去吧，那种苦你哪吃得了啊！”

听到有人上楼，梁深晚走到门口看到梁浅初，就问：“嫂子回娘家还没回来？”

“随她。”梁浅初单手解开西装的扣子。

从上往下看，梁浅初长相极美，说是美不是帅，是因为他男生女相，小的时候经常跟小他一岁的梁深晚穿姊妹装。

她撇了撇嘴，立刻摆出撒娇式的笑："那你帮我拿杯热牛奶上来，我今天脑瓜子痛。"

梁浅初闻言转身又下到一楼，凌安知趴在门口啧啧两声："不得了，这全天下估计只有你一个人能这么使唤梁浅初。"

凌安知当年拒绝梁浅初，只怕多半也跟他的长相有关。

"别岔开话题。"

凌安知略为难："倒不是没有，现在咱们的支教团队确实很缺人，但我们缺的是真心实意想为祖国教育事业做贡献的，不是你这种为了逃避婚姻而……"

"我的目的是为了逃避下个月的订婚，但这不代表我去了之后不会为祖国的教育事业做贡献。好歹我也是留学归来，凌安知，我们认识十多年了，这点小忙，你都不愿意帮？"

梁浅初敲了敲门，将热牛奶递给梁深晚便上了楼。

凌安知坐到梁深晚的梳妆台前支起下巴看她喝牛奶："我这边没问题，就怕你到了那边会哭天喊地地吵着回家，要知道，"她起身走到梁深晚面前，"那种穷乡僻壤可不是每天都有热牛奶可以喝的。"

梁深晚将杯子放下，走进衣帽间，取下项链耳环放进首饰架上的绒布盒子里准备去洗澡："行了，你只管帮我找，最好能在下个月十七号之前让我离开的，之后的事你就不用操心了。"

"项链不错啊，借我戴戴。"

“这个不行，”梁深晚从她手中拿了过来，“其他的，想要都拿去。”

“哎哟，看你那样儿。明天在华城有个慈善晚会，我被邀请了，你这个项链跟我准备的礼服很搭，就一晚？”

梁深晚想了想：“那你得答应我。”

“成。”

凌安知在三天后给了梁深晚答复。

她拖着行李来跟梁深晚道别：“下个月十六号，团队出发，你到时候去星城跟他们会合，那边我都帮你打点好了。一去就是两年，你可想好了？”

“我还嫌短了呢。跟洛长白的订婚能推延多久是多久，成了我现在唯一的追求了。”

“真是可惜了长白这份真挚的感情。”

“你要是觉得可惜，我让给你。”

凌安知忙做求饶状：“别，我会折寿的。”

“怎么，不是从以前就一直觉得洛长白很不错嘛，我还以为你对他有意思呢。”

“这全天下谁我都能嫁，唯独他。”

梁深晚笑得暧昧，问：“莫非，你们是失散多年的亲兄妹？”

凌安知一顿，随即哈哈大笑起来：“都说让你少看点没有营养的无脑偶像剧了。”说完立马换话题，“对了，这次来，我还有个小小的请求没跟你说。”

梁深晚点头：“什么？”

“我下一步可能要去非洲，和那边的援非医疗组织有个为期一年的志愿活动，那个……”她有些张不了口。

见状，梁深晚轻点了一下凌安知的右肩：“哟，什么时候跟我还客气上了？”

凌安知抬头四处望了望才说：“我认识的那个人是援非医生，那边的医疗条件很差，特别缺抗生素，所以……”

“我当是什么事，你把需要的数量告诉我，我让我爸给你们无偿捐赠过去。”

凌安知眼睛一亮上前拥抱她：“这么多年的朋友没白交！先替非洲人民感谢你。但是，梁叔叔会答应吗，毕竟数量可能不会小。”

“行善积德的事，你梁叔叔向来热衷。”

“那我就放心了，那我到时候可以直接跟梁叔叔联系吗？”

“那最好不过了。”说着，她把梁家呈的联系方式给了凌安知，并八卦，“老实说，我现在比较好奇，是怎样一个人值得我们心高气傲的凌安知如此劳心费力。”

“你还好意思说我？”凌安知将行李箱的拉杆伸长，“别以为我不知道你不愿意跟洛长白结婚的真正原因是什么。”

梁深晚侧头一笑：“就你能！”

凌安知伸进衣服口袋将项链拿出来还给她：“你看看，有没有损坏的地方。”

“你这是膈应我呢？”

两人站在大门口拥抱告别，一如多年前毕业前夕，凌安知突然放弃保研提着行李决然南下，一头扎进公益事业里越走越远，这么多年低调又安静，彼此之间很少联系。

她向来如此，对待人生好像总是比别人要淡定从容得多。

梁深晚目送着她离开直到看不清背影才回过神。

“姑姑。”亦真、亦幻背着小书包奔向她。

“小祖宗，赶紧的，去幼儿园要迟到了。”梁深晚蹲下在两个小团子脸上亲了两口。

“晚晚啊，”陈阿姨有些拘谨地说，“你跟阿初说说，让他把你嫂子接回来吧，夫妻哪有隔夜仇。每天三餐和家务，我实在是腾不开手接送这两个孩子上下学啊。”

“行，我知道了。”梁深晚说。

一年到头都看不到人的梁氏夫妇，终于在女儿订婚晚宴的前两天闲了下来。

胡丹花从楼上拿了一件水蓝色的露背礼服匆匆地走下来，递给梁深晚：“快试试，不行的话，我让林灿再来一趟。”

梁深晚只顾低着头研究梁浅初前两天才送她的最新款单反相机，这是她要随身带着的玩意儿。

支教的地方山高水远，说不准是个怎样的穷乡僻壤，到了那里不适应是肯定的。带上了这玩意儿，一来排解孤苦，二来梁深晚还希望能拍些有意思的照片，说不定那个一直在拒绝她的国际摄影师就能答应收她当徒弟了。

想到这里，她吱吱地笑了起来。

“跟你说话呢！”胡丹花夺过她手上的相机丢在一边，将礼服塞到她怀里，“去试试。”

“哎呀，妈！”梁深晚极其不耐烦地站起来，“不就是个订婚宴嘛，至于这么隆重？”

胡丹花推着她往房间里走：“你这次可别跟我作啊，我跟你爸为了你的婚事可是操碎了心。不是妈说你，长白学历高，长得又好看……”

“好好好，行了行了，洛长白就差不是你跟我爸的亲儿子了。”梁深晚接过礼服朝沙发上看了一眼，对正看热闹不嫌事大的梁浅初说，“哥，跟我来。”

“让你哥去干什么，你穿衣服你订婚，又不是你哥。”

梁深晚跑过去拉起梁浅初朝胡丹花吐了吐舌头，两人迈着大步，没几下就上了楼。

梁深晚把门一关，礼服扔给梁浅初，眼眶一红：“哥，你是不是说过，在这个世界上，我是你最珍贵的存在？”

梁浅初心里“咯噔”一下，连连后退：“话我是说过没错……”

“那你肯定不忍心看着你妹妹往火坑里跳，不出手相救是不是？”

梁浅初明显地感觉到自己脑子里有一根弦“啪”的一声断了，接着就看到梁深晚的眼睛里一片水润，脑子由不得他控制，只能弱弱地回：“是。”

梁深晚眼睛轻轻一合，眼泪“唰”地就出来了，淌过嫩粉的脸颊，落在红润的嘴唇上，脸上的表情看起来悲伤极了。

“哥，”她轻轻地抽噎，“你知道，我现在还不想跟洛长白订婚对不对？”

“嗯。”

她继续抽泣：“那你也知道，如果我跟他订了婚，再往后一点就要结婚对不对？”

“嗯。”

“可如果我没有想清楚就嫁给他的话，那你妹妹往后的人生也就没啥指望了，这个你都清楚对不对？”

“嗯。”

“作为哥哥的你，一定不会让这种事情发生的，我说得没错吧？”

“嗯。”

“所以，你一定会帮我逃过这次订婚的是吧？”

“嗯。”

“太好了，”梁深晚的眼泪说收就收，“礼服你试试吧。”

梁浅初一个激灵，摇了摇脑袋，这才发现自己又跳进坑里了：“梁深晚，你戏精啊，这么能演咋不去角逐奥斯卡。”

梁深晚无辜："又不是我逼你的。"

"晚晚，"梁浅初跟她讲道理，"你这次逃走有什么意义呢，你都逃了六年，洛长白为了你博士都毕业了，你还想怎么样。无论你怎么躲避，最后还不是要嫁给他，除非有一天咱们的原料供应商换了。但你知道这基本上是不可能的，洛家现在垄断着这个领域，连个缝隙都没有给小企业留。我们基本是完全依附于他们，跟他们联姻是我们最好的选择，更何况，长白那么钟情于你，嫁给他，你至少不会受委屈。"

梁深晚低下头："再让我想两年，万一在这两年里他喜欢上别人了……"

"你别自欺欺人了，你知道没那种可能。抛开他钟情于你不说，和你结婚也是他们洛家最好的选择。"梁浅初并不擅长讲道理，所以他说的都是事实，"强强联合，才能所向无敌，你就算是逃到天涯海角，老爸也一定会把你捉回来的。"

梁浅初说到这里心里也有些不忍："晚晚，如果他们洛家有女儿的话，我一定会娶，说什么也不会强求你嫁。"

"你说的这些我都知道。"梁深晚将脸扭到一边，"就两年，两年之后，如果还只能是这种局面，我一定接受。哥，求你。"她抬眼盯着梁浅初，眼神里充满求助。

梁浅初拒绝不了。

四月十六，天气晴。

梁家呈难得在家里吃了个早餐，餐桌上却只有他和胡丹花。

陈阿姨端了鲜榨的豆浆和刚出锅的油条过来，他冷着脸问：“晚晚和阿初呢，昨天就不见他们？”

“晚晚说这两天要好好休息，在房间里呢，早餐我都给她端上去了。阿初去韩影娘家接韩影去了，昨天一大早就出了门。”

“这兄妹俩，没一个让人省心的，一点规矩都没有。”梁家呈嘟囔。

胡丹花喝了两口豆浆：“我去看看晚晚。”

“算了，以后嫁到洛家，自然有人替你管教她。”

“她那个脾气，长白哪里管得住她。”

“那也是他们的事。”他说着招呼了司机过来，“送我去趟工厂。”

胡丹花放下手中的油条：“今天还去工厂干什么？”

“晚晚那个高中同学不是要咱们捐赠一批抗生素嘛，上面批复了，我去看看。”

“药品捐赠的过程很繁琐吧？”胡丹花起身帮梁家呈穿外套。

梁家呈点了点头：“过程繁琐倒不重要，重要的是怕中间出什么岔子。往后这种事情能推就推了，我宁愿多捐点钱。”

胡丹花嘟囔着：“这点小事也用得着让你这么上心？”

梁家呈将大衣从沙发上捡起，心里也有些不悦，但语气依旧平和：“我们梁氏制药比不得以前了，能多做点公益增加下曝光度是好事。”

胡丹花头也不抬，像是自言自语又像是在对梁家呈说：“这种公益怎么可能会有曝光。”

“你要是不喜欢，我就拒绝。”

胡丹花喝了最后一口豆浆：“我喜不喜欢，你不都得做嘛。”

“你……”

“算了，快去吧，别耽误时间，早点回来，订婚宴那里还需要再去走一遍。”

梁家呈动了动嘴角，到底还是没有再说什么。从头到尾，两人都没有一丝眼神交流。好像是约定俗成的一样，夫妻之间的感情会随着年岁增加慢慢归于平静，到了最后已无任何激荡而言，仿佛多说一句话就会多出更多的嫌隙。

胡丹花从昨天早上就没有看到两个孩子，梁浅初去接韩影也不至于接了两天还不回来，他不是那种喜欢在外面流连的人。

梁深晚就更可疑了，平时除了晚上回来睡觉，其他时间是绝对不可能乖乖待在家里，休息？与她一贯作风相差太大。

这场婚姻，与多数豪门联姻的性质一样，打着为了孩子幸福着想的旗号，实则是为了巩固或者扩充商业版图。

所谓的门当户对，大概是父母在操纵这场婚姻背后为了能够让自己安心从而给出的最佳理由吧。

胡丹花一改往日作风，拿了梁深晚房间的备用钥匙悄悄上楼。

门被打开的时候，梁浅初坐在梁深晚卧室外面的小厅地板上，嘴里叼着油条，手上拿着手机，“开心消消乐”的游戏界面发出了“unbelievable”的声音。

“妈？！”

他之所以震惊，是因为这个家里的家长，不是一般暴发户式的有钱人，他们受过高等教育，他们知书达理，他们高贵优雅，他们懂得尊重，因此享受着被尊重。

他们绝对不会擅自闯进子女或者其他任何人的房间。

“晚晚呢？”胡丹花问出这句话的时候面色平静，尽管心里已经知道了结果，但脸上并没有表现出该有的震惊和愤怒。

梁深晚这个时候已经赶到星城和支教团队会合了。

和其他人的轻装上阵比较起来，她带的行李，有点过。

知道的是她要去支教，不知道的还以为她要去度假。

支教团队里的成员大多是刚毕业，或者还没毕业的大学生，穿着一般比较朴素，也基本都是素颜。像梁深晚这样衣着奢侈华丽、浓妆艳抹的人，站在他们中间，要多突兀有多突兀。

“梁小姐是吧？”有个瘦高的男孩子走过来，“你好，我是这次支教活动的负责人吕品。”

“你好，我想问下，我们什么时候出发？”

“火车两个小时候后开动，凌小姐已经帮您把票买好了，在此之前……”

“等等，火车？”

“是的，我们支教的经费有限，只能坐火车。”

“怎么不早说？这样吧，咱们改飞机，我请大家。”她说着便拿出手机准备联系人。

吕品赶忙拦住：“梁小姐，我知道您可能不差这几个钱，但我们是去支教不是去旅游。所以，如果这点苦都吃不了的话，那您现在回去还来得及。”

梁深晚立马把拨出去的号挂断，露齿一笑：“不会，完全不会。火车也挺好的，一路上还能看风景。”

“还有就是，在我们去火车站之前，我希望您能把您的行李再精简一下，除了必要的东西，其他的最好不要带。”

梁深晚低头看了看自己的两个行李箱和两个旅行袋，说实话如果不是她一个人能力有限，这点行李根本就不够。光这一季的各大品牌新款就装不下，更何况还有她的生活必需品。

这已经是她精简后的结果了，不能再少。

“小哥哥，”她双手抱拳，“行李我自己拿，绝对不麻烦你们。”

“梁小姐，这不是谁拿的问题，而是我们支教休息的那个地方，空间有限，如果每个人都拿这么多行李的话，只怕最后大家连睡觉的地方都没有。我还是那句话，如果梁小姐忍受不了的话，现在回去……”

“好，没问题。不就是精简行李嘛，你说能带啥我就带啥。”现在你们是爷你们说了算。

“这种繁琐的衣物，我建议……”

“这是香奈儿最新……”她顿了顿，“好，去掉。”

“像这种包的话，在那种地方……”

“爱马仕的这种包其实……”她抿了抿嘴，“行，不要。”

“还有这种鞋子，”他瞅了瞅她半行李箱的高跟鞋，“你就没有带那种运动鞋？”

“运动鞋都是给小姑娘穿的，我们……”她咬了咬牙，“我马上去买，这些高跟鞋都不带。”

最后在吕品的“帮助”下，梁深晚终于只剩下一个行李箱，其他的全部现场寄回了华城。

“没问题我们就走吧。”在这期间，胡丹花已经打了无数个电话过来，各种威胁的短信也不少，她真的担心再逗留下去，家里会派人过来把她捉回去。毕竟在她印象里没有什么是梁家呈做不到的。

“你确定，你要带着这个？”吕品指了指梁深晚手上抱着的存钱罐和脖子上挂着的单反相机。

她双手护住两样东西:“这两个是‘唯二’你不能不让我拿的东西。”

“我可先把话给你讲清楚，去了那种地方，你的私人财产我们是不负责任的。”

那种地方？吕品强调了无数次，梁深晚知道目的地会很偏僻，在此之前凌安知已经给她打过预防针了。

可是，她怎么也没有想到，会偏成那个样子。

梁深晚记得是昨天晚上上的火车。她知道是火车，但没想到居然是硬座，开什么玩笑，硬座？那还不得把她的腰给坐断了！

反正已经上了火车，吕品又不能把她扔下去，她大着胆子跟列车长补了一张软卧的票。

吕品知道梁深晚并非普通人家长大的人，凌安知已经跟他打过招呼，不太过分的事情他会睁一只眼闭一只眼。看着她补票去软卧，他也只能提醒她低调点。

尽管已经是软卧了，梁深晚在颠簸的火车上，也是一夜未眠。

天蒙蒙亮的时候，她才在终极困顿中沉沉睡去。

一觉醒来，已经是下午接近傍晚时分。

她伸了伸懒腰，揉了揉眼睛，往车窗外看了一眼。原本打算再继续躺会儿的，但闭眼之前，脑海里一闪而过无尽暗黄的沙滩把她的困乏彻底赶走。

她一个翻身，瞪大了眼睛望向窗外。

视线内是一望无际的漫漫黄沙，风一吹车窗玻璃上沙沙作响。

“天啊，我这是到了哪里啊？”

火车颠了一下，停住了。列车员进来报了停站的地名，提醒要下车的乘客赶紧下车。

梁深晚抱着存钱罐和单反相机从床上跳下来，跟着下车的人一起走到站台上。

只是一个小站，站台略简陋，放眼望过去只有一个低矮破旧的候车厅和出站口。

晚来风急，沙尘落到人的脸上有些吃痛。

梁深晚只觉得胸腔一下子变得空荡起来，她在电视里看到的乡村支教，明明都是在山清水秀只是偏远一点的地方。

可不是这黄沙漫漫的边陲地区，吃不吃得了苦已经是后话了，现目前最重要的是她能不能在这种环境下活着回去。

列车员吹了口哨，表示火车马上要开动。

梁深晚拿出手机准备给凌安知打个电话痛骂她一通，在此之前，梁家呈的电话打来了。

要是换种情况，梁深晚哪怕是顾及自尊也不会接，可抬眼都是黄沙和疾风的现状让她不得不妥协。

梁深晚还没有说话，梁家呈便开了口："梁深晚，爸爸给你一个可以继续当我女儿的机会，你要不要？"

她咽了咽口水，今天是她和洛长白的订婚之日，想必梁家呈现在一定是火冒三丈，不，应该是火势燎原了。

好汉不吃眼前亏，她这个人最大的优点就是审时度势，语气一软："爸，我错了。"

"阿初已经跟我说了，你现在到了哪里？"

梁深晚把站名报给他的时候，火车缓缓发动，长鸣之后提了速度，没一会儿便消失在她视线范围内。

"你在路口等着，我派人去接你。明天中午，你如果没有出现在我面前给我乖乖地参加你自己的订婚宴，我梁家呈就自当没你这个女儿。"

这得有多生气!

多生气。

梁家呈作为国内最大的制药公司老总，女儿订婚的消息早在一个月前就向全天下公布了。结果这天女主角却逃跑了，这已经不单单是他老脸没地儿搁的问题了，而是上升到了他做人的信誉上。

梁家呈在这方面，几十年了，从未出过错。

更何况，他并不认为，梁深晚不喜欢洛长白。

在他印象里，梁深晚只是被宠得大小姐做派过了些，对洛长白瞧不上眼只是性格使然，毕竟他也没发现梁深晚把谁放在眼里过。

关于两家的结亲，虽然商业意图更明显一些——洛氏集团已经屡屡发声说要增加其他合作伙伴，在国内医药行业发展如此迅猛的今天，洛氏集团掌握着大多数药品原料的供应，在还没有找到其他原料供应商之前，梁氏制药完全受制于洛氏集团——但除此之外，梁家呈也是真心觉得洛长白可以托付。

抛开他们门当户对不说，洛长白这个人心思细腻、温和有耐心、绅士有礼貌，最让梁家呈满意的可能还是他对梁深晚十多年如一日的钟情。

对于梁深晚的举动，他理解的是——任性。

梁深晚快走到出站口的时候才想起来她的行李还放在火车上，可是火车早就跑得没影了，这种状况下，除了乖乖等梁家呈的人来接她，好像并没有其他选择了。

沙漠里的落日好像格外壮观，无尽绵长的天色落在蜿蜒平静的沙丘上仿佛给它披上了一层薄薄的轻纱。

让它变得神秘又性感。

梁深晚赶紧将相机打开，取下镜头盖，调焦、构图，“咔咔”几下，壮美的景色就落进了她的单反里。

虽然逃婚的目的没有达到，但来这里一趟能身临其境地感受到这绝美的风光，也算不枉此行了。

远方，一辆黑色的吉普车向她驶来。

在这荒无人烟的地方，这个时候来的车，如果没差的话应该就是梁家呈派来的。

她心里感叹，之前只知道梁家呈的生意做得很大，但是没想到居然这么大。毕竟触角能伸到这种鸟不拉屎的地方，也不是一般小公司能做到的。

汽车驶过来带起的沙尘在空中腾飞，她觉得这个镜头可以收进去，于是半蹲着举起相机又拍了几张。

低下头查看照片效果的时候，那辆吉普车猛地一个刹车，停在了她的面前。

她几乎是想都没想，习惯性地走到后排，车门也非常配合地打开了。

梁深晚收起相机，抱着存了半罐硬币的存钱罐抬步钻进车里。

昏暗的光线，让她看不清车里坐着的人长着什么模样，只是眼睛扫到副驾，那里坐着一个帽檐压得很低的清瘦姑娘。

她放下相机和存钱罐刚想打招呼的时候，一个生硬的东西抵住了她的后脑勺。

凭着直觉和看过的那些狗血剧，她残存的最后一丝理智告诉她，那玩意儿，应该是枪。

“别动。”坐在她边儿上的人，用蹩脚的汉语警告她。

心里一空，浑身没了力气，只能借着本能，梁深晚缓缓举起了双手。

第二章

DIERZHANG

劫持

梁深晚最后的记忆停留在副驾清瘦女孩模糊的背影上。

她不确定那个人是否也被绑着，只记得她用余光瞄向身边那人的时候，对方用枪柄或者是胳膊肘之类较为生硬的物件砸了她脖子上的动脉。

清晰的钝痛感引发出一阵恶心的眩晕，之后眼前突然变成了黑乎乎的一片，她倒下去的那一瞬间就没了意识。

再醒来，她发现自己侧躺在车子的后排，双手被紧紧地捆在身后，嘴巴上贴着一块胶布，除了拉扯皮肤的生疼让她不适，最重要的是胶布散发出来的恶臭味让她忍不住犯呕。

天差不多已经暗下来了。

之前的打击，让她脑袋到现在还晕乎乎的，尽管睁大了眼睛，视线范围内依旧模糊不清。副驾上换成了一个男人，之前的那个女孩不见了。

如果感觉没有出错的话，她自我判断后得出了两个结论：

第一，她应该是被武装挟持了。

第二，她有了轻微或者轻微往上的脑震荡。

不会这么倒霉吧！警匪电影拍到自己身上了。

坐在驾驶室里的人对副驾上的人说了两句话，她判断不出来是哪个国家的语言。

副驾上的人扭头看了一眼梁深晚。对视上他的眼睛，光线模糊，她看得不是很清楚。梁深晚通过对方的眼睛和鼻子大概能够知道他可能是来自中东，但具体哪个国家，她无法下定论。

最要命的是，她并不知道自己为什么会被挟持。

难道是因为冲撞了今天的皇历吗?

她在心里哭泣，上个月洛长白跟她商量订婚日期的时候，她可是记得清清楚楚，四月十七这一天，皇历上宜嫁娶，忌远行啊！

不听老人言吃亏在眼前，话糙理不糙……

头顶住了一个生硬的东西，她挣扎着抬眼看了一下。

是她随身带着的那个相机。

她脑袋飞速旋转，心想，难道是因为拍了不该拍的东西?

记忆回到下午，她从小火车的出站口出来，先只是拍了几张落日下的沙丘，那色彩组合成的景色确实非常振奋人心。

等等，现在不是想那个的时候！她努力回想其他。

然后一辆疾驰而来的吉普车，带动了车子周边的沙尘，腾空而起的尘土包裹着向她开来的车身，画面呈现出来的是勇敢而决绝的效果，她觉得那个镜头可以收进去，于是蹲下来拍了几张。

难道是因为这个?

对，只能是因为这个啊，不然无缘无故的，没有其他说得通的道理！

这帮人肯定是电影里的那种反派，还是正派正在缉拿或者追捕的那一波人。她不知死活地看到了他们不说，还拍了他们的照片，那自己肯定就成了正派需要的证人了啊。

或者，他们需要什么条件拿她作为要挟正派的人质，如果正派不满足就撕票。

她想，电影里都是这么演的。

她企图辩解，无奈嘴巴被封着。

正邪不两立，她想自己铁定是要被灭口了，再抛尸荒野的可能性也很大。

不要啊！她后悔了，要是早知道出来会遇到这么一个梗，她说啥也不会逃婚的，不就是嫁给洛长白嘛，嫁就嫁咯。洛长白——学历高，家世好，长得还不错，对她千依百顺。

梁深晚，这不都是你自己作出来的嘛，活该啊！她欲哭无泪！

她开始挣扎，想要跟他们沟通，不管是钱也好，还是让她把照片删掉也罢，甚至让她失忆，她都会无条件答应。

副驾上的人不耐烦地回头跟她说了一句话，她听不懂，不过推己及人，她认为此时此刻应该是让她闭嘴。

双手被捆着，但腿脚却能自由行动。

她尝试摆脱手上的约束，却越挣扎绑得越紧。

这些人，看来不是什么一时兴起。

他们是职业的。

至少在绑架这一方面，他们并不是业余选手。

车子行驶的路线仿佛已经不是之前的沙丘地带了，她躺在座椅上明显地感觉到了颠簸。遇到比较大的颠簸，她还会从座椅上腾空起来。

她的心脏早就脱离了胸腔，挣扎无望后，她闭上眼睛，似乎要听天由命。

也不知道又开了多久，终于停了，坐在前排的两个人齐齐下车。梁深晚挣扎着坐了起来。车子偏离了公路，透过车窗，在清辉的月光下，她看到了一望无垠的戈壁。

平坦的戈壁滩上，放眼看去，全是砾石，偶尔有几丛低矮的植物，起不到什么大的作用。

视线尽头是一座模糊的山体，轮廓鲜明，但距离应该不近。

奇怪的是，两个人下了车以后直直地朝前走去，似乎一点回头的迹象都没有。

是无视她的存在，还是觉得不屑她的存在?

不过这应该是好事。

她伸出脚钩住车门，没几下，车门居然打开了？

梁深晚愣了，用她那颗眩晕的脑袋想了很久，也想不出，这些人究竟是在做什么。

不管是因为什么，既然对方给了她逃跑的机会，如果浪费了，那就是二百五。

她用尽力气将车门踢开，半弯着腰从车里下来，踉踉跄跄地开始朝那两个人的反方向奔跑。

香奈儿最新款的浅口黑色平底鞋，好看是好看，可是在这戈壁砾石上行走，简直就跟美人鱼在刀尖上跳舞没啥区别。

车内外的气温相差甚大，已经是草长莺飞的四月天，她身上只根据对季节的认识穿着一件单薄的 T 恤外加一个 OL 风的白色小外套，腿上一件水蓝色的牛仔裤，还是九分的。

但这身装扮完全无法应对地域偏差带来的早晚温差。

一下车生冷的空气就灌进了她的脚脖子，各种不适让她痛苦不堪。

绾在脑后的长发，现在已经凌乱，散在脸上挡住了她的眼睛。她勉强四处张望，在这前不着村后不着店的戈壁滩上，她甚至分不清东南西北。

枪声在脑后突然响起，她还没有机会扭头，子弹就在她的脚边落下。

她一惊，沁凉的汗珠便从额头顺着脸颊流进了脖子里，心脏再次移位，她明显地感觉到胸腔的空洞，之后，腿一软，她哆嗦着“扑通”一声跪倒在地。

钻心的痛感从膝盖顺延到脑袋。

她咬着牙想努力平复理智。

一道黑色的身影从她侧面飞过来，她才把目光投过去，对方叽里呱啦嘟囔了一句，接着一个脆亮的耳光就扇在了她左脸上，火辣辣的痛觉反而激起了她对生命最本能的渴望。

她起身一脚踢向对方的要害。那人估计是没想到她会反抗，虽然没踢中，只是踢到了他的大腿，但他眼中涌现出来的怒意足以预示她接下来的不幸。

他一把扳过准备再次逃跑的梁深晚，一只手揪住她脑后的头发，一只手用力地掐住她的脖子。

梁深晚下意识地去挣扎，可身体越来越没力气，嘴巴里有股腥咸的味道，嘴唇却麻木得没了知觉。

呼吸越来越不顺畅，眼睛憋得像是随时都会炸掉，目光模糊，周围的一切包括空气对她来说都变得沉重不堪。

在意识消失的最后，她想的不是为什么自己会平白无故地遭遇这种劫难，而是想起了很多年前的那个春天。

空气里还有一丝未能消逝的凉意，她站在南方某所重点高校校门口，一眼望过去，背向她远去的男女暧昧互动的举止，扯痛了她全身上下每一根神经，那种感觉跟现在很像吧。

真没出息。她想，临死的时候，脑子里居然想到的是那个人。

眼眶里的水色还是换成液体流了出来，她闭上眼睛，绝望一般往后仰去。

脑海里最后的欲念，是满满的不甘，不甘心啊！

距离戈壁滩一百公里开外的天山北麓，北坡由山脚至山顶植被依次为山地草原、山地草甸草原、针叶林、高山草原、高山垫状植物、积雪冰川。

其中，海拔 1500 米～ 2800 米之间的地方分布着高大苍翠的雪岭云杉，东西绵延 1800 公里。

云杉最为茂盛的地区，地面草色青青。

昏暗的地灯绕在杉树根部用枝叶挡住，只能勉强引路。

有一支隐秘的特种兵小分队正在这里秘密训练。

扎在泥土里的军用帐篷，分布得没有一点规律，也是全部用树枝挡住真身，不要说是晚上就算是白天，从它面前经过，如果不是仔细去看，也难以发现。

半趴在案桌上的男人，浑身上下包裹在丛林迷彩军装里，眼睛盯着面前的电脑屏幕。

“Venus（金星）！”

案桌前方站了四个人，全身除了穿着和案桌上的人一样的迷彩服，另外上身还穿了黑色的防弹马甲，头上戴着黑色的头套，黑色的面罩盖住了鼻子和嘴巴，只露着一双眼睛，整装待发。

“到。”

被叫名字的人上前一步，一对剑眉英气逼人，眼型生得十分好看，眼尾上扬，眼神里是一片正气凌然。

“目标：缴获走私物品，抓捕越境武装，安全解救人质。”

“收到。”

“解救人质放在第一。”

案桌上的人站直了身体，动了动眼皮，站在他面前的四个人立正敬礼向后转，出了帐篷。

“还以为能睡个好觉呢。”跟在 Venus 身后的人一步跨进直升机嘟囔道。

“都这么多年了，还是这种觉悟，也难怪你的调离申请迟迟下不来。”代号叫 Venus 的人眼一闭，直升机便飞了起来。

下到平地，为了避免打草惊蛇，四人改为驱车。

向前速进一百公里，消息提示，交易正在进行中。

“他妈的，这帮王八羔子，敢在大爷的地盘上撒野，吃饱了撑的吧。”坐在 Venus 身边的人直勾勾地盯着前方。

Venus 开着车，并无过多的话要说。

“左副队，”坐在后排的人拍了拍副驾上的人，“我的探亲假期快到了，这次收队能写申请了吗？”

“你他妈找死？”副驾上的人扭头，“咱们现在出任务，你说这个？”

那人嘿嘿一笑：“几个小毛贼而已。”

“不要大意。他们人虽然不多，却是惯犯，在边境一带向来猖狂，听说，多国都拿他们没有办法。这次他们更是直接冲进了咱们的领土内，若没抓到，你的探亲假就别想了。”Venus 踩下油门，提了速。

“队长，你说他们怎么就这么大胆，敢选择那种地方交易？”后排的另一个人问。

Venus 动了动眼皮：“大概是仗着手上有人质吧。”

“无论如何，记住我们的目标任务。”副驾上的人扶了扶面罩，不再说话。

后排的两人重新打起精神，月光越来越迷蒙，车子很快驶上戈壁滩，奔腾而去的大家伙压得砾石“咯嘣”作响。

刺骨的寒意将梁深晚沉睡的意识再度拉回现实。

睁眼，面前是一盏垂得很低的大电筒，简单地绑在绳子上钩住低矮的木梁，摇摇晃晃着，像是下一秒就要掉下来。

破旧的土房子，四下漏风，感觉风一吹就能坍塌。

她用力眨了两下眼睛，视线终于清晰，但下一秒她就后悔了，不知道现在装死是不是还来得及。

屋子里突然多了几个人，大概长相和之前车里的两个差不多，每个人的手上都拿着枪，有长有短。她对军事武器不感兴趣，没研究过，所以说不上来他们手中拿着的型号。但有一点她很清楚——随便哪一个都能轻易置她于死地。

她在心里哀号，明明逢年过节她都给死去的亲人包括各路神仙烧香跪拜了，出去旅游凡是遇到大庙小庙，管它是佛是道她统统都进去捐献香油钱。怎么到了关键时候，这些神仙都不管用了，不管用就算了，莫名其妙地受这一顿灾她实在是理解不了。

哀号从心里转到嘴巴，她一叫，发现居然能出声了。

嘴巴解封了！

意识到自己的双手依旧绑在身后，她不敢乱来，只好试图跟那些人谈判。

“Holle？”

无动于衷，听不懂英文?

“你们好?”

依旧不作答，汉语估计也不行。

“kong ni ji wa？”

日语貌似也不管用。

“an nyeong ha sai yo？”

韩语就更不用说了。

“bonjour？”

想来也不可能是优雅绅士的法国人。

说到这里，梁深晚词穷了，就这些还是看韩剧、日漫、法国电影学来的，早知道她一定会听凌安知的，有空的时候少看些时尚杂志，多学习他国语言。

可是现在后悔来不及了吧。

之前坐在副驾上的人，她还记得他的长相。

他慢慢地朝梁深晚走来，面色不悦，似乎已经发怒了。他肯定是听不懂，又嫌她吵，一定是这样没错了。

看到他，梁深晚条件反射地把身体往后移动了一下，被扇过耳光的那半边脸现在痛得更清晰了。

要是在平常，别说扇耳光了，就是随便动一下她的手指，她都会让那人知道她的厉害，或者说知道梁家呈的厉害。

现在，虎落平阳被犬欺，她能有什么办法，除了遵守识时务者为俊杰的原则，她也想不到别的办法能不让自己再多受伤。

“对了对了，”她觉得现在不是跟别人套近乎的时候，而是需要真金白银的交流，“money，much money，you，give you！”

“US dollar？或者，啊，renminbi？”眼瞅着那个人来到她的面前，梁深晚身体不由自主地一抽，“你……你想要什么，要多少都可以，都OK的！”

“闭嘴！”那人恶狠狠地瞪了梁深晚一眼，“东西，在哪儿？”

梁深晚没见过这种架势，吓得眼睛一闭，只往后倒，结结巴巴地说:“你你……你不要冲动啊，钱在我行李箱里，行李箱我也不知道随着火车去了哪里。或者你联系我爸爸，你要多少钱他都会给你的。”但是她一想到下午梁家呈跟她说的那些话，心里一凉，绝望起来，眼泪说来就来，“你给我爸爸打电话也没有用了，他已经不要我了，哇……”

这招对梁浅初百试不爽，对别人估计不管用。那人粗鲁地一把扯过她，把她的外套脱掉。

梁深晚瞳孔瞬间放大，短短几秒钟里脑补了无数种被这帮人凌辱的画面，恶寒之后想都不想抬脚就是一顿猛踢，这次，她幸运地踢中了她想踢的地方。

“啊！”那人吃痛地叫了一声，连连后退。

剩下的人愤怒上前，嘴巴里说着她听不懂的语言。

但是“副驾哥”大手一挥，那些人立刻定在原地。

他恢复了面色，一步一步地向梁深晚靠近，依旧是蹩脚的汉语：“东西！”

东西？

梁深晚开始思考，能够问她要的东西，钱吗？不对，不可能随便在路上劫持个人就问人家要钱，还这么大的阵势。

那是什么？

对！

相机。

她拍了他们车子的相机。

“在你们的车上，黑色的。”她怕他听不懂，嘴巴里英语、汉语齐飞，“your car，black camera，在，啊，对，旁边还有个水晶存钱罐，coin，you konw？”

那人转身对门口一个拿枪的人耳语了几句，门口的人转身就出去了。

她想，果然！果然是相机。

难怪别人都说记者是个危险的行业，看来是真的，她这还好是在国内，还只是个业余的摄影爱好者，想想那些战地记者，真的可敬啊。

说到国内，她心里开始沮丧了，警匪片里不是这么演的，像自己这种情况，不是应该会有人前来营救的吗？如果不是自己足够机智的话，说不定下一秒就要玩完了。

看来电影那种东西，也就只能用来骗骗涉世未深的小姑娘。

很快，刚才出门的人就拿着梁深晚的相机和存钱罐进来了。

那人将两样东西拿到梁深晚的面前问："在哪里？"

你瞎吗？不过她不敢说出来，只能用下巴指了指相机。

那人将信将疑地放下存钱罐，把相机拿到手上左右翻看。

"开关在上面，那个地方画着 on/off。"梁深晚提示。

那人按照她的意思按了开关，屏幕打开，闪了两下提示电量耗尽，自动关机了。

梁深晚："……"天亡我也！

那人怒意十足地望向梁深晚，梁深晚赶紧解释："我走的时候忘记充电了，充电器在我的行李箱里，行李箱不知道跟着火车跑到哪里去了。啊啊啊，你不要冲动啊，我充了电一定删掉，我一定不会跟任何人说见过你们的……"

"你，耍我？"

"没有，没有，我绝对没有这个意思。"

门口的人凑近他耳边嘀咕了几句，那人脖子上的青筋刹那间爆了起来，把相机往边上落满灰尘的桌子上一放，抬手就是一耳光，重重地落在梁深晚的右脸上。

真好，和谐了。

梁深晚被打蒙了，顺着他打过来的方向从椅子上倒了下去，头磕在地面上，本来就脑震荡了，这下估计要脑残了吧！

那人一把将她拽起来，脸上露出非常猥琐的笑，动作粗野地开始脱她的衣服。

不是吧，苍天啊！

临死之前还要经受这种折磨？

梁深晚怕死，但在尊严和生死之间，她会果断选择前者。

“浑蛋！”她用能自由活动的双脚拼尽全力去踢踹那人，“你不得好死！”

有了之前的经验，那人已经懂得了这个女人的套路，他把她拽起来按在椅子上，一条腿跪压住她的双腿，伸手脱她的 T 恤。

梁深晚大脑里一点理智都不剩了，所剩的只有作为一个动物体该有的求生欲望。她瞅准了那人的胳膊，低下头下口狠命一咬，嘴巴里瞬间溢进浓烈的血腥味。

我靠，这人的血含有生化武器吗？梁深晚痛苦之余唯一想到的就是这个。

“Shit！”那人惊呼一声，连忙甩开梁深晚。

“我操你大爷！”梁深晚完全还原回了原始社会的属性，脏话都飙了出来，“你会英语还跟我装傻？”

“You're going to die！”那人狠劲上来，双眼充血，两手扯住梁深晚的T恤领口用力朝两边撕扯。

梁深晚听懂了那个“die”字。

心想死就死了吧，死也不能让你得逞，现在她该庆幸自己爱穿大牌的衣服，质量经得起考究，至少那人在撕第一次的时候没有撕开。

梁深晚在他第二次撕扯的时候，使尽了全身的力气，用头狠狠地撞向他。

没料到她还有这一手，那人一个趔趄往后退了几步，只听“嘶”的一声，梁深晚的T恤在领口处撕了个大口子，圆润白皙的肩头裸露在寒凉的空气里。

只是这一撞，梁深晚可能真的把自己的脑浆撞得飞出脑壳了，钝痛和眩晕让她眼睁睁地瞅着那人再度向她走来。她咧嘴一笑，至少挣扎过了，就算是死，她好歹也勇敢了一次。

可是为什么啊，好不甘啊！

“天鹰”小分队顺着信号指示来到了戈壁滩国道线和乡道交接的地方，信息无误，被遗弃很多年土房子里有影影绰绰的光，信号就是从那里发出来的。

真不知道该说他们是胆大包天，敢明目张胆地无视我们的主权，还是说他们没脑子。

戈壁滩上的骆驼草刚有了新芽，嫩刺还不具有杀伤力。

四个人匍匐在房后的骆驼草后。

队长 Venus 开口：“Mars（火星）、Saturn（木星）、Mercury（水星）。”

三人小声齐回：“收到。”

Venus：“人质安全第一。屋后突破，不能活抓的就当场击毙。”

三人齐回：“收到。”

梁深晚倒在椅背上，尽管已经明显地感觉到了死神在朝她招手，但意识还是清楚地感知那人的双手正在解她背后内衣的扣子。

就在这个时候，或者说，在她濒临绝望的最后一刻，身后突然响起了枪声。

那人的手，蓦然停止，来不及接过他人递来的武器，梁深晚闭眼之前看到他胸口飞进去了几枚金属，随之鲜血喷涌而出。那人翻了个白眼，“扑通”一声倒下，腾起的灰尘钻进梁深晚的鼻子，她想咳嗽，却连这点力气都没有了。

隐隐间还能听到枪声，再接着就是汽车发动的声音、车轮和砾石摩擦的声音，之后安静了几秒又听到几个人正宗的中国对话：

“要不要追？”

“人质好像不行了，先救人质。”

“走私物品截获了一部分，还有一部分被带走了。”语气中不乏焦虑。

“先救人质。”声音坚定不带商量的余地。

最后，耳边传来了粗犷的喘气声、沉重的脚步声、金属片的碰撞声，还有一个梁深晚死都没想到还能再听到的男声。

“阿深？”

这个世界上，所有人都叫她晚晚，却有一个人只叫她阿深。

这下，死也甘心了。

她想。

第三章

DISANZHANG

重逢

华城的夏季，雨天能占去一半。

梁深晚第一次遇见周滳浦就是在下着滂沱大雨的午后。

他为了一个女孩子，跟人打架被罚站。

在高中入校的军训期间。

跟他打架的对象是梁浅初，他为的是关咲。

原因梁深晚到现在都不清楚。

凌安知去通知她的时候，她正在跟校医开假病历准备逃避军训。

听说梁浅初跟人打架，梁深晚情绪反常得让人怀疑她跟梁浅初是否真的是亲兄妹。

她无比兴奋，对，就是无比兴奋。

凌安知清清楚楚地记得，梁深晚两眼放着光，假病例都不要了，撒腿就往操场跑去。

跑到一半，头顶上“轰隆”一声，接着天就跟漏了一样，雨下得疯狂，简直就像有人站在她头顶上拿着水瓢往下泼水。

她跑到操场只是想看一眼梁浅初铁骨铮铮的样子。从小到大，梁浅初都被当成错生了性别的人拿来跟梁深晚比较。

假如他真的跟人打架了，那往后若是再有人那么说她，她就有话可反驳，为了这一天，她等了很久。

不巧的是，这场雨，破坏了她所有的美好设想。

她淋着雨到了操场，军训的学生早就散了，国旗下被罚站的人中没有梁浅初。

而留下的那个人笔挺地站在旗杆旁边，军训帽扣在脑袋上，雨水像珠帘一样从帽檐边缘流下去。

她抹了一下脸上的雨水，隔着雨幕，那人朝她望了一眼，他有一对英气十足的剑眉，眼型生得十分好看，眼尾上扬，瞳孔似墨像深不见底的井。

他长得真是好看！

梁深晚唯一能想得出来的形容词就只有“好看”。

“我要追你。”

那是，梁深晚跟周湳浦说的第一句话。

……

关于青春年少，近些年，她已经很少再去回忆了。不过是人在脆弱的时候，似乎只有足够深刻的东西才能给以慰藉。

就如同现在，挣扎在生死边缘，在半梦半醒的混沌状态里，她总是产生错觉，感觉周湳浦就在她身边，还抓着她的手。

“呵呵呵……”她笑醒了！

睁眼看到的是一顶不大但足够宽敞的帐篷，她被裹在睡袋里，枕边放着一杯牛奶，还冒着一丝热气。

知道她心神不宁的时候需要热牛奶才能安定的人，除了梁浅初和胡丹花，就只有周湳浦。

她环顾了一眼四周，透过帐篷口的缝隙，看到了一片丛林。

晕厥之前她在戈壁滩上。莫名其妙地被挟持，遭了大罪，孤立无援，没有报警，也联系不到家里。

所以，她立马否决掉已经回到华城了的这个想法。

难道，错觉是真的？

想到这里，她用胳膊支着身体坐了起来，脑袋还是有些晕，不过看样子脑浆应该还在脑壳里没飞出来。

至于有没有脑残，这个大概要等以后才能印证了。

她找了一圈，发现存钱罐和单反相机都安然无恙地搁在离她不远的地上，摸了摸身上才发现她穿着一件军绿色的T恤，手机放在枕边，已经没电了。

抓起盖在睡袋上面的迷彩衣披到身上,她站起来准备出去一探究竟。

刚走到帐篷口就听到外面传来一对男女的对话。

女的说:“真是没想到,这样都能遇到。”

男的回:“是挺意外的。”

“你就不应该管她。”

管她?是指我吗?梁深晚皱了皱眉头。

“她只是我要解救的人质而已。”

那说的必然就是我了。梁深晚撇了撇嘴。

“我就不信,你心里没点别的想法。”

“没有。”

“不是我说,为了那样的人,并不值得你……”

“你想太多了。”

这种情况下,作为正常人都应该出去解释一下吧,毕竟听那女人的口气,充满了嫉妒不说还隐隐有一种想要把梁深晚千刀万剐的想法。可能这么想对方有点狭隘,但梁深晚觉得,那只是迟早的事。

她尽量带着笑容钻出了帐篷,刚站在那对男女的面前,林间就刮进了一阵风。

然而四月长风,并没有多温暖。

她的笑容瞬间就被山林里的寒意冻僵了。

四月十七那天,果然不宜远行,如果可以她真恨不得立刻飞回华城,跟洛长白现在就结婚,今晚就洞房。

也就是现在，她才顿悟，即便是已经过去这么多年，她依旧不能大度地接受这种画面，她还是无法从对面两个人暧昧不清的关系里释怀。

难怪关咲会说，为了那样的人，不值得。

说得真对，这世界上只有你关咲才值得周湳浦不顾一切，为你打架，为你劈腿，为你被人所指责。

也是，这些年，她都活在以前的光阴和岁月里，尽管他已不在身边，可她依旧，高兴是他，悲伤是他，所有的情绪都还是他。

而他，跟关咲两个人比翼双飞，在这鸟不拉屎的地方逍遥快活，一个悬壶济世，一个惩恶扬善。

这算什么，丛林双侠吗?

她晃动了两下身子，心里堵得跟华城的早高峰一样，那句“好久不见”始终说不出口。

周湳浦和关咲站在云杉树下，他们穿着迷彩服，他们身材矫健，他们脸上早已没有青春年少时稚嫩的模样。

但他们依旧光彩照人、出类拔萃。

关咲比以前更黑了一点，但身体十分健美，眉目之间仿佛有诉说不尽的故事。

现在，他们就在她的面前站着，俨然还是一对恩爱情侣的模样。

呸，一对狗男女的模样!

“醒了？”周湳浦朝她走过来。

他的声音变了，少了少年时期的飘忽，是彻彻底底的洪厚和低沉。

光声音就散发着来自成熟异性的魅力，还不说那看起来质感十足的麦色皮肤，以及露在衣袖外面的那截手臂，结实、有力。

她咽了咽口水，毫不掩饰自己对他的喜欢。

就是过去了这么多年，再见，还能如初见一般一眼就心动。

只是现在的她，已经没了当初的勇敢和直接，她变得别扭又扭曲。

“明知故问。”她回答他，眼睛盯着的却是关咲。尽管关咲没有穿白大褂，但脖子上的听诊器出卖了她的职业属性。

“还有哪里不舒服吗？”他又向她走近一步。

关咲冷笑一声：“老同学好不容易见一面，你又是死里逃生，看我的眼神能不能稍微客气一点？”

“我死里逃生，你好像不是很高兴啊。”梁深晚学着关咲的样子双手环抱。

关咲偏头笑了笑：“我对你，没有那么深的羁绊。想影响我的情绪，你还不够格。”

“呵，”梁深晚的内心尽管已经万马奔腾，但在关咲面前只能强撑着表现出我很平静的样子，“也是，能引起关小姐情绪变动的向来只有周先生一个而已，我怎么能忘了。”

她明明只是想表现得波澜不惊，想告诉面前的俩人，她不在乎了，随便他们怎么样，她都可以高傲又不屑地回应。可她却不知道这句话说出来，足够让她原封不动地回到当初，她狼狈逃离时的样子。

她还是一点长进都没有。

关咲冷哼一声走近她，将听诊器放在她的胸口：“你知道就好，我们的事，就不劳梁小姐费心了。”

梁深晚一把推开关咲，抬起头，憋红了脸：“谁想管你们的破事。”

“梁小姐，现在，我是你的医生，想恢复就好好配合一点行不行？”关咲重新将听诊器放到她的胸口。

而周湳浦，从始至终，都在冷眼旁观。

“那真是太谢谢你了，我的命也不劳你费心。”梁深晚扭头钻进帐篷准备收拾东西走人，却在看到存钱罐的那一刻，像触电一般整个人缩了回去。

太丢人了！

有什么好拿的，她仅捡起手机跨出帐篷就往丛林里走。

春日暖阳从高大茂盛的云杉缝隙里照进来，夹杂着寒气，有种别样的体验。

“喂，”关咲在她身后叫她，“你任性够了吗？”

她不理会并不是因为不想理会，而是那个让她和关咲一言不合就开战的人——周湳浦，就站在帐篷外面，眼睁睁地瞅着她离开，一句挽留的话都没有说。

还就只有这一点跟当年一模一样，丝毫没变。

俗话说买卖不成仁义在，好歹当年好过一场，怎么就能这么冷酷无情。说一句“不要走”或者“我送你”都好过你那此时无声胜有声的态度啊。

凌安知说狮子座的前任是最好的前任，分手后绝不回头，从不打扰，看来说得还真是对极了。

梁深晚离开帐篷，一脚踏进丛林的那一刻就后悔了——刚刚才从亡命之徒的手中逃脱，不管是不是关咲救的，这个时候她都不应该这么不惜命。

自尊心在生命面前，毕竟还是小事。

何况，现在的她身体也并没有恢复好，多走几步头还是晕。她站在四周都长着相似云杉的树林里一筹莫展，后悔估计也来不及了吧。

不要说能够顺利找到下山的路了，她才转了两次身，就忘了刚才来的方向。抬头望着树梢末端的太阳，她再次绝望。

这到底是什么鬼地方！

不管是之前的戈壁、沙漠还是现在的丛林，明显都不是适合人类生存的环境啊！大概也只有周滴浦和关咲那种变态的人才会来这种地方谈情说爱吧，正常的谁会来这里。

说到正常，她想到了之前梁家呈给她打电话说的那些话。她不知道自己睡了多久，也不清楚现在是几号。

她是被挟持的，救自己的人是周滴浦，当然了，也有可能是别人。他们的衣着看起来并不是一般的军人，自然也不是警察，否则不会在这种地方，这点常识她还是有的。不过这个不重要，重要的是，她家里的人一定不知道这些。

梁家呈一定还在生气，说不定真的已经对外宣称和梁深晚断绝父女关系了，他不是做不出来这种事。

三重打击啊，要不是心脏够强，怎么可能熬得下去。

梁深晚想到这里索性坐下不再走远。

还有比她更倒霉的吗？她想，逃婚逃成她这样的也真是没谁了。之前经受的那些劫难就算了，偏偏还让她在这种情况下遇见周湳浦，要是光遇见他也还好说，被前男友无视也好，奚落也罢，那都是他们之间的事。

不巧的就是，老天非要让她难堪，让她见到周湳浦幸福的模样，这不是一般的幸福，这是建立在她痛苦之上的幸福。

当年，她被周湳浦劈腿，劈腿对象就是关咲。想到这里，她一口气堵在胸口差点又上不来了。

什么是出门不看皇历，这就是！

这辈子，就此别过了吧，以后再也不见才最好。这么想着的时候，总觉得用来呼吸的气管硬邦邦的，仿佛随时都会破裂。

她在树林里走了很久，最后发现其实不过是在原地打转。手机没有电，即便是有电她也能确定这个鬼地方一定没有信号。

眼瞅着天渐渐开始变黑，这地方昼夜温差大她是知道的，身上这两件衣服根本不能抵挡夜里的寒气。

脚上还是那双浅口鞋，她的脚踝很细，也很白，只不过现在上面多了几道伤痕，伤口还没有完全愈合，猩红的痕迹在这色调单一的环境里看起来格外醒目。

白天有太阳的时候，她还不觉得，越到天黑她就越能清晰地听到周围来自各种不明生物的叫声。她捂着小心脏小心地蹲到一棵看起来比较有安全感的树下，又开始祈求各路神仙一定要让她安全度过今晚。

在树林里兜兜转转了大半天，她早就饿得饥肠辘辘，想到电视剧里那些英雄人物，在树林里随便捕获什么野味就烤来吃的画面，她不自觉地开始咽口水。现在不说吃什么野味了，就是把她醒来时枕边放着的牛奶给她，她就满足了。

她体力不支地靠在树干上，心想，明天有放牛或者放羊的人经过把她救走也不一定，毕竟她大难不死必有后福。

刚闭上眼睛准备睡觉，就听到身后传来了沙沙的响声。

她心一紧，立马警惕起来。

她看过《动物世界》，知道像这种地方会有很多野生动物，那些动物当中多半还是食肉物种，她一个小女子哪够它们几口吃的。

她站起来紧紧地抱着树干，小声祈祷千万不要过来，过来也不看不到我之类的话。

可事与愿违，那声音越来越近。

甚至她都感受到了它扑在她颈间的气息。

“啊……”她大叫起来，“你不要吃我啊，等我回去了你想吃什么肉我都买给你，绝不食言……”

“山高水远的，我放你走了，你还会回头？”

“我会，我一定会回来，我……”

不对啊，动物还会说话？

她睁开眼睛，周滳浦站在她面前斜斜地勾着嘴角在笑。

天还没完全黑，他的那张脸近在咫尺，眉眼还是当初的眉眼，只是眼神里多了一份正气，脸上的轮廓仿佛更加鲜明了。她最喜欢的是他的嘴唇，不薄不厚，亲起来温度也刚刚好。

离开时，他好看，那种好看是青春年少的朝气和灿明；现在，他好看，是岁月用血刀雕琢过后的成熟与稳重。

时光,对谁都不温柔,别人是杀猪刀,到他那儿摇身一变成了整容刀。

“看够了？”

她脸一红，还好天黑了：“你怎么会在这里……”

“白天我有训练，所以没跟过来。”

他这是在解释吗?

“反正你也走不出去。”

呵呵，幸好还没来得及感动!

梁深晚略失望：“知道了，你可以走了。”

“梁深晚，”周滳浦左手放在腰间，右手支在梁深晚身后的树干上，把她半围在面前，“我对你来说，算什么？喜欢就拼命追求，厌了就一脚踢开，宠物吗？”

这话你问我不觉得不合适吗？梁深晚不可思议地瞪大了眼睛看他：“周先生这话我就听不懂了。”

“听不懂？”他笑着点了点头，“好，那我提醒一下你，无缘无故跑去招惹我，说喜欢我喜欢得要命，说如果我不答应做你的男朋友你就活不下去。我答应了，然后呢？”

然后，你劈腿了！梁深晚后退：“这话你应该问你自己啊，你不是比谁都清楚吗？”

“我清楚什么？清楚你就是那种待感情如玩物的人，还是清楚你梁深晚有手段，是情场高手？”

不会吧，这不是你才对吗？梁深晚再退一步，背就靠在了树干上：“周先生，如果我没记错的话，当年是你劈腿关咲在先的吧，要说情场高手，我哪能跟你比。”

“劈腿？”周湳浦将放在腰间的手腾了出来撑在了梁深晚另一边的树干上，眼睛直勾勾地与她对视，同时压低了语气，“你这混淆视听的本领可是越来越高了。”

“再高也高不过你！”梁深晚胸中压抑了多年的怨气一下子冒了出来，“还有，劈腿的感觉很不错吧，毕竟对方是关咲，是你高中进校就愿意为之打架受伤的人，现在这丛林里当神仙眷侣，真是羡煞旁人啊。周湳浦，我是不是还没跟你说恭喜啊，那……”

嘴唇上突如其来的压迫让原本大脑还在飞速运转的梁深晚没了思考。周湳浦只是想不出别的办法来打断她越说越离谱的话。

打她，他舍不得。

骂她，他不忍心。

亲她，他能做的就只有这样而已。

但他并没有多余的动作，甚至没有更进一步，梁深晚安静下来之后，他便放开了。好像那个动作并没有什么特殊的意义，仅仅如同，你要进门，我帮你把门打开那样，只是顺手而已，不必感谢，反正我也要过。

梁深晚的脸红得更狠了，她伸出手捂住嘴唇，纯情的样子和周湳浦第一次亲她时一模一样，一切仿佛又回到了十七八岁的年纪。

“怎么，还喜欢我？”周湳浦盯着她问。

可不是还喜欢你嘛。梁深晚在心里点了无数次头，但表现出来的却是拼命摇头的样子。不可能这么没出息地再次缴械投降，即便还喜欢，可他现在跟关咲在一起了，就算她再怎么不喜欢关咲，可她毕竟和关咲不是一类人。

关咲能当小三，她可不会。

周湳浦轻笑，然后站直了身体：“走吧，一会儿天完全黑了，就算是我也没有办法带你出去了。”

“我不跟你回去。”

“你是我救回来的人质，醒了是要交代情况的，你就这么走了，我拿什么交差？”

这是个她没有办法拒绝的理由，但她不喜欢。

难道就不能说点别的吗？她在心里暗暗想，类似于“你就这么走了，我不放心”，或者“我想跟你多待几天”，再不济，你说“你想我”啊，你说“这么多年你偶尔也会想我”啊，我不贪心，偶尔就满足了。

“想什么呢？”周湳浦将外套脱下来，披在她身上。

原本寒凉的身体一下子就被温暖包裹了，梁深晚抬头一眼便撞见了周湳浦投来的目光。

她说不清，那眼神里是不是还有一丝丝的留恋。

但她看到了周湳浦的身体，他只剩下了一件黑色 T 恤，左边胸口处有一只展翅飞翔的“鹰”，左边袖口绣着艳红的国旗。

露在外面的胳膊紧实有力，胸肌在布料的遮蔽下依旧能看到形状，往下看，腰腹间的线条也十分流畅……

她不敢往下想。娱乐圈里的男模特，她也有认识的，他们的身材也能让一票女人为之痴狂，可那都是虚架子，完全没有办法跟眼前的周湳浦相比。

“真这么喜欢？”周湳浦看她一动不动地盯着自己，就问。

早知道他会变成今天这副勾人的样子，当初就算是劈腿又怎么样，忍忍不就过去了嘛。

老一辈的人不是常说，以前的人们东西坏了修修补补继续用，现在的人们东西坏了只会换。

那就把劈腿的他当成坏了零件的东西，修修补补不就可以继续用了嘛。

这一次她不再压抑，使劲地点了点头，表示是真的还很喜欢。

“是吗？”他冷笑，“那是谁当初在空间里大肆宣扬，说我短小精悍，玩得不够过瘾，所以不要了的？”

呵呵，那个时候不是年少轻狂嘛！她无声辩解，再说，你劈腿在先，还有脸说我？

可当时真是快意恩仇啊，那么一说既显示了自己的洒脱，又无形当中讽刺了周湳浦和关咲两个人。

对于周湳浦来说，你是我梁深晚得到之后觉得玩腻了不想要的人，我就是这么的无所谓，你影响不到我未来的生活，没了你我照样活得精彩绝伦，你只是我的一个选择，又不是唯一。

对于关咲，你不是喜欢吗，那就拿去吧，不过是我梁深晚不要的。

但现在她看着眼前这个精壮英俊的人忍不住又咽了咽口水，心想时光要是能倒流，她一定回到当初抽自己两耳光。

“后悔了？”

“嗯。”她老实地点了点头。

他邪魅一笑，凑到她耳边：“晚了。”

就知道，他能过来只不过是为了把她捉回去交差，抑或就是过来报复她的。她想，她居然傻到还指望他来跟她续旧情。

抛开他们狮子座不吃回头草这个属性不说，他现在有了关咲，他也不会再跟她怎么样。

但梁深晚毕竟也不是十多年前的小姑娘了，心气变高了，不愿被他继续捉弄，脱掉他虚情假意给她披上的衣服就扔还给他。

“你这样会感冒的。”他提醒。

“我就算是死了，也跟你没关系。”

“那你跟着我，我们快点回去。”

“你走你的，我走我的。”

“通常情况下，深草丛，我不建议你走。”他跟在她身后说。

梁深晚还就不听他的，他不让她走，那她就偏走，深草丛怎么了，深草丛的草多，踩起来软软的，舒服。

等一下，她突然停了下来，穿这种浅口平底鞋好处除了能把她的脚衬得好看，还有一个特点就是，脚对踩到地面上的物体敏感度比较高。

“阿湳，”她脱口而出的这个称呼，是他们还相爱时，她对他的专属昵称，“我好像踩不该踩的东西了。”

第四章

DISIZHANG

扶择

“别动。”周湳浦俯身一看，她正踩着的不是别的，是一条碗口粗的王锦蛇。

这种蛇性子非常凶烈，攻击性十分强。

梁深晚嘴上说我不会动，但那软体动物明显已经抬起了头，并且还在她脚下扭动了两下。打了草，惊了蛇，她不想动也由不得她了。

周湳浦还来不及出手，梁深晚脚底一滑侧翻着就倒下了。说时迟那时快，那蛇头上顶着一个“王”字“嗖”的一声窜了过来，“咔哧”一下咬住了梁深晚的脚踝，她清晰地感知到那蛇把自己坚硬的牙齿戳进她的皮肤里。

周湳浦快速从军靴里掏出尖刀插进那蛇的七寸，大活物挣扎了两下就不动了。

他再抬头，看到梁深晚像泄了气的气球，用手肘半撑着身体哭得梨花带雨，止不住地抽泣，却不出声。

“蛇，死了。”周湳浦提示。

“我也要死了。”她眼睛一合，眼泪就顺着脸颊流进脖子里，还有一些落在嘴唇上。

以前周湳浦就很迷她现在的这个样子，他也说过，她哭起来的时候，他的心再硬也会变软。

“你不会的。”他用尖刀把自己身上的T恤戳破撕了一片下来扎在伤口上方，避免血液过多感染。

“阿湳，”她哭得更凶了，“我知道我很快就要死了，我现在头晕眼花、浑身无力，蛇毒马上就会入侵我的心脏，但是，在这之前，你听我说。”

周湳浦抬起头看着她，她说：“我当年不是有意要在空间里羞辱你的，我真的是气不过。我追了你三年，你才答应做我的男朋友，可是你转眼就跟关咲去了同一所大学，我嫉妒你们嫉妒得要死。你们学校管得严，你没有时间陪我我都能理解，可你怎么能一边没有时间陪我，一边又天天陪着关咲呢？”

“我没有……”

“你不要否认了，你就是跟我在一起之后才发现其实自己更喜欢的是关咲对不对？那你跟我说啊，我不会勉强你的，可你不能还没有跟我分手，就跑去跟关咲在一起，那是劈腿你懂不懂？就算我再怎么喜欢你，我也是要尊严的；就算我平时再没心没肺，我也会难过。”

“所以，你才单方面地跟我分手，之后一声不吭地跑去国外？”

“不然呢？大大方方地祝福你们，然后跟没事人儿一样继续我行我素地活着？周湳浦，我没有你想的那么坚强。不过，我现在要跟你说的不是这些。”

“嗯。”

“我们分手的这些年，我没有一天是忘记你的，我知道我除了你不可能再喜欢上别人。如果后悔有用的话，当年我一定不会那么冲动，就算你劈腿了，我也不会跟你说分手。”她哭得说话都吃力，“我真的喜欢你，我还是喜欢你，我只喜欢你。”

“你说的这些，我都知道了。”他平静地回答。

他的那个反应让她多少有点伤心，可临终遗言嘛，就是自己个儿把自己个儿的遗憾说出来，总不能强迫别人作何反应。

“现在，虽然看到你俩在一起我心里还是很不爽，可一想到以后还有人陪着你的话，我也能放心了。”

“你说完了？”周湳浦想伸手帮她把眼泪擦掉，但还是忍住了。

“嗯。”她点了点头。

“说完了，我们就走吧，你不会是希望等下再来一条蛇吧！”

“你自己走吧，反正我也快要死了。”对方冷淡的态度，让她觉得多少有点没面子。

她赖着不动，周湳浦又蹲下，耐着心说：“刚才咬你的，是王锦蛇。”

“所以呢？”她大概已经知道他想说什么了，但还抱有最后一丝挽回尊严的希望。

“没毒。”

“你绝对是骗我，我现在头晕眼花、浑身无力……”

他轻笑：“你之前受了伤，有轻微脑震荡，所以会头晕眼花。三天没吃东西，浑身有力才怪了。”

就算是这样，你就不能说得委婉一点吗?

之前煽情告白的片段是不是也可以删掉呢？被他知道了自己这么多年还窝囊地活在跟他有关的回忆里，她还真不如死了算了。

“那个，”她收住悲伤的情绪，脑袋一转，“刚才我说的那些话，其实不是我心里真正想说的，大多数都是反话，你听听就好，可千万别当真了，你也知道临死之人嘛，就喜欢胡言乱语。”

他来了兴致，趁她还没起身，凑近她问：“那你跟我说说，哪一句是反话？”

“都都……都是。”

天完全黑去，月光从树梢缝里钻进来，照在梁深晚的脸上，她脸色苍白，嘴唇却红润，唇上还有刚才从脸颊上落下来的眼泪，在月光下那片水色实在动人。

周湳浦动了动喉结，欺身压了过去，一口噙住了她微张的双唇，单手就把她圈进了怀里，她太瘦了，比以前还瘦。

他有些心疼，另一只手轻轻地在她脸上摩挲。他吻得很小心、很温柔，生怕会加重她的伤痛。

梁深晚被这突如其来的温热惊得忘记了回应，只是那熟悉又远久的碰触让她不自觉地轻哼了两声。

也许正是这看似无意的声响，让原本柔和的亲昵变得剧烈了起来。周滴浦丢掉之前的理智，加重了那个吻，开始攻城略地，仿佛是想在这一刻把过去这些年的空白全部补回来。

他轻咬着她的耳垂，一路向下，似乎想要更多。在枯竭荒芜的地方待久了，他甚至都忘记了喜欢一个人的感觉是什么。

可梁深晚，她就是有本事瞬间瓦解掉他多年修筑起来的堡垒，面对她，他依旧情难自禁。

炙热的气息洒在梁深晚的颈间，她的脸瞬间就涨红了，被他触碰过的地方都烫得要命。她再无之前的矜持和忸怩，伸出双手抱住了他的肩背，指腹流连在他后背紧实的皮肤之上，煽风点火一般把他推向更没救的深渊。

他干燥的掌心不由自主地移到了她的腰间，却在触碰到那里的一片沁凉之后，所有的动作戛然而止。

她红着脸望着上方还在喘粗气的周滴浦，明明只穿了一件T恤，可他此时已经满头大汗，她紧紧地抓着他胸前的衣襟，等着他开口。

他还是动了动喉结，手从她背后抽了出来，漫不经心地说：“这么多年了，你还是连个吻都不会接，阿深，你真的除了我再没有过其他男人了吗？”

夜来风凉。

此刻这丛林里再无半点温情可言。

梁深晚一把推开他，起身：“你少自恋，我可不是那种专情到会为了一棵树而放弃整片森林的人！”

周湳浦跟着站了起来：“也是。”

她抬头看了看树梢，不知道这高大的云杉到底长了多高，把唯一的月光都挡得干净。她没走过夜路，再加上没有方向感，只能停下来等周湳浦给她带路。

“还能走？”他看了一眼她的脚踝。

“我没那么娇气。”

这话不假。

他还记得他们高二那一年的秋季运动会，梁深晚听说关咲报了 1500 米的长跑，不甘人后的她马上给自己报了一个 3000 米。

到了那天下午，突然开始下小雨，塑胶跑道打滑，她跑到一半摔了个大跟头，膝盖破了个大口子，血顺着腿肚子流，白色的袜子都染红了。

梁浅初边陪跑边劝她放弃，她都没有。最后倒数第二名超她三圈提前到达终点，她还是咬着牙完成了剩下的比赛。颁奖的裁判老师被她那种精神感动，还破例给她发了一个精神可嘉奖。

下了领奖台，她就蹲在地上号啕大哭，说自己腿要断了，要残废了。

周湳浦本来是坐在主席台上念广播稿，被她那么一搅和，一点心思都没有了，念错了好几个班的稿子后索性从主席台上下来，走到她面前，一言不发地将她打横抱起送去了医务室。

就像现在。

梁深晚脚底一空，还没回过神自己就在周湳浦怀里了。

“我自己可以走的。”

“我知道。”

“那你放我下来。”

“你就当是我精力旺盛，借机释放一下。”

她不再言语，头贴近他的胸口任他抱着，这么一折腾，到了现在她真的有些吃不消了。夜路寂静，两人心照不宣地保持沉默，对于刚刚发生的事情，好像都选择性地想要去遗忘，就当只是一个意外。

回到营地，关咲站在帐篷外面，有点像是刻意在等待。

周湳浦把梁深晚交给了关咲，自己转身去了另一个稍大一点的帐篷。

两个女人对视一眼，即便不说话火药味都十分浓重。关咲把她按到了地铺上，强行给她检查身体。

“我要是你的话，既然都跑了，就算只是为了自尊心也不会再回来。”

梁深晚白了她一眼：“没能让你如愿，还真是不好意思了。”

“别动，”她将听诊器放到梁深晚后胸，“平复一下情绪。”

“你在我跟前，我怎么可能平复得了，这里面除了你就没有别的医生了吗？”

关咲将手伸进她的衣服里，触碰到她后背温软柔滑的皮肤后，下意识赶紧抽出来：“你你……你自己把内衣扣子解开。”

“干吗？”

“这样检查的结果会更接近真实情况。”

“你行不行啊，不行就换医生。”

“你当这是你家的私人医院，爱配合不配合！”关咲气红了脸。她作为这个特种队伍的随军医生已经很多年了，技术和经验都相当成熟。但碰到梁深晚，她还是无可奈何，甚至无计可施。

确定梁深晚没有什么大碍，又帮她把脚踝上的伤口处理完毕之后，关咲起身准备离去。

“哎，”梁深晚叫住她，“你和周湳浦，你们结婚了吗？”

关咲偏头一笑：“这么关心我们？”

“你想多了，我就是看看自己还有没有机会。”

“那你趁早死了这份心。”

要不是因为现在浑身无力，梁深晚绝对会起身跟她打一架，就算只是为了当年她背后耍阴招拐走周湳浦这件事，她们之间也需要一场暴力对决来释放多年的不甘和憋屈。

只可惜，现在的她根本就不是关咲的对手。更何况，事情已经过去了那么多年，别人都已经大步向前走开始新生活了，始终停留在原地郁郁寡欢的那个人说到底只有她梁深晚一个而已。

“想什么？”周湳浦端着一个不锈钢的饭碗走了进来，坐在她边上问。

梁深晚回神："你们就生活在这种环境里？"

周湳浦将手中的白粥递给她："只是在这里短期突击训练，平时不在这里。"

"那也就是说，如果不是正好遇到你们在这里训练，我可能就挂掉了？"

"没有我们，也会有别人去救你，国家不会放弃你的。"

"说得这么大义凛然，不知道的还以为我做了什么了不得的大事。"

"阿深，"他突然严肃起来，"你来这里做什么？"

梁深晚喝了一口粥，并没有那么难喝，暖暖的，反而很满足："本来是要去支教的。"

"嗯？"

"然后，"她有些难为情，"因为半道觉得环境太恶劣，所以就后悔了。我爸派了人来接我，却没想到上错了车。"

"只是这样而已？"

"你是不是也觉得很巧？"

"不只是很巧的问题。"

"那是什么？"

他不再就这个话题继续下去，反而对她随身带着的东西有了兴趣："这么多年一直带在身边？"

梁深晚随着他的目光看过去——装了一半硬币的存钱罐，脸微红。

早知道，那天在车站的时候就听吕品的把它丢掉了，总好过现在被他拿来当说辞。

“我拿在身边坐公交车不行？”

“你要支教的那个地方你确定有公交车坐？”

“那就用来买早点。”

“梁深晚……”他盯着她，目光灼灼，“算了，好好休息，明天送你走。”

她心一凉，虽然知道他们的相遇只是一个意外，并且毫无意义，可她还是在见到他的那一刻，就确定了自己对他的心意，即便过了很多年，关于情爱，从始至终，只有周湳浦这个人可以用来诠释。

她在他起身离开的时候，不自觉地伸手抓住了他的手臂：“能不能，陪我一会儿？”

语调里充满了不自信。

那不是梁深晚，他记忆里的梁深晚，嚣张肆意，想要的东西从来都是连抢带骗，有时候面对她，他根本就判断不出来，她到底是真心的还是一时兴起。

“对不起。”他推开她，“我们夜里有训练，我会让关咲来照顾你。”

他离开的背影很决绝，没有一点考虑的余地。手里一空，好像刚才抓住的是一把空气。

周湳浦离开后，关咲便又进来了，只是这一次，梁深晚不再跟她交流，她好像是真的累了，没过多久就闭上了眼睛，不知道是在沉思还是睡着了。

营地里的帐篷分布得很没有规律，离梁深晚有些距离的帐中，“天鹰”队的大队长陈志明凝眉怒视着底下的四个人。

“我怎么不知道你还有这么优柔寡断的一面。”

左引上前一步：“陈大队，您就不要怪我们周队了，这事搁谁身上都得犹豫一下，是不是啊宋西西？”他推了推站在他身边的另一位队员，不出任务的时候，他们可以叫彼此的真实姓名。

宋西西连连点头：“就是，就是，要我有那么漂亮的一个前女友，我也舍不得啊。”

“胡闹！”陈志明重重地拍了一下面前的案桌，“任何时候，任何情况下，使命才是你们的唯一，国家利益是超越一切的头等大事。”

周湳浦向他行了个军礼：“明天一早，送她离开。”

陈志明冷哼了一声：“你们四个是精英中的精英，我对你们的期望可以说是超过了任何一个队，平时对你们的训练要求是比其他人严苛。但纪律上，你们也知道不管是我还是上面都是睁一只眼闭一只眼，只要不触碰原则和底线，哪一次为难你们了？这是对你们充分的信任，但你们也得给我注意分寸。”

四人立正敬军礼：“我们知错了。”

陈志明摇了摇头：“连夜收拾东西，明天转移训练阵地。”

“是。”

陈志明说完扭头就出了军帐。

宋西西挂在脸上的严肃立马撤掉，笑嘻嘻地攀在周湳浦的肩上问："真舍得啊？"

周湳浦拍了一下他放在他肩上的手："回帐，收拾东西去。"

"我们倒是无所谓了，不过某人啊，可别到时候跑到什么地方躲着哭才好。"左引冲于丁宝和宋西西挤了挤眼睛。

于丁宝和宋西西低着头吱吱笑了几声。

周湳浦眼睛一瞪，三人立马恢复严肃的表情。

"别忘了，那伙人还未全部抓捕，走私物品还有一半没有缴获。"周湳浦提醒。

左引率先出了帐篷，于丁宝走到周湳浦身边，想说的话还是没能忍住："周队，有的错可以补救，但有的就是永远的遗憾了。"

宋西西点了点头跟着出去了。

周湳浦回到案桌后面，坐在椅子上，用中指和食指按着太阳穴，想借此来缓解突如其来的压力。

案桌上黑匣子里的消息提示：走私交易重新启动。

眼睛望向梁深晚所在那个帐篷，心里涌现出一股难言的苦涩。

汽车在戈壁上颠簸了将近三个小时，国道才出现在眼前。

梁深晚被这颠簸弄得很不舒服，换了好几个姿势都不称心，最后只能放弃。

睁眼，绚丽夺目的橘红色朝阳占了满满的半边天。

看到这样的景象，她几乎是下意识地去寻找自己的相机。

“醒了？”

听到声音她才回过神，发现自己正坐在汽车的副驾，身上盖着周湳浦的外套。他穿了件烟灰色的衬衣，袖子挽在肘间，眼睛盯着路的前方，英俊的侧脸映在晨光中多了几分柔和。

没等梁深晚回答，他将车子停在国道线边的一个破旧的服务站前面。

他跳下车冲一脸蒙的她说：“等着。”

梁深晚动了动身体，发现自己全身酸痛，应该是在这车上睡了很久。回头看了一下后排，她的相机和存钱罐都在那里。

“过来。”周湳浦站在土红色的平房前面冲她挥手。

她跳下车。周湳浦向她走过来并把刚买的毛巾和洗漱用品递给她：“这里的条件只能买到这些，你将就一下，我已经跟老板说了，你可以去后面洗一下。”

这么一说，她才意识到，自从被他们救下，她就好几天没有认真洗漱过了，之前都是关咲帮她简单擦洗的。

服务站其实就是一个民房，前面一间里面摆放着一些日常用品和落了很多尘土的零食和饮料，还有个后院，里面种了几棵枣树，树下有条大型犬。

院子里有两个小孩趴在地上不晓得在干什么，扭头的时候，梁深晚吓了一跳，他们的脸上好像很多年都没有洗，但那双眼睛却干净澄澈。

有个女人提了一桶水过来，嘴巴里哼哼唧唧地说着她听不懂的话。

只是当她接过那水的时候，想要洗漱的欲望就一点都没有了。水很混浊，并且有股味道。

“用这个吧！”她转身跑到前门，周滷浦便笑着递给她了两大瓶矿泉水。

“你故意的？”

他只笑并不接话。

她是中性皮肤，脸上几天没认真洗，也不像别人那样冒油，看起来还算清爽，只是浑身上下总觉得沾满了尘土。

她简单洗漱完，出来就看到周滷浦趴在柜台上和老板说着什么，老板看起来和后院的人不一样。

“你要送我去哪儿？”她记得他昨天说，今天要送她离开。

“去你要支教的地方。”

梁深晚立马变脸：“你知道我支教的地方在哪里？”连她自己都不知道。

“想知道这个并不难。”他跳上车，示意她赶紧跟上。

她却站在原地不动：“我不要，不要去那里。”对他怎么知道她要去支教的地方一点好奇心都没有了，她只顾说出自己的意愿。

除了环境真的恶劣到她没法想象，更重要的是，她害怕，害怕会再次遇到那种歹人。她很清楚不是每次都有人去救她，何况她现在根本都还没有好利落。

可是这些，她不敢跟他讲。她怕他以为她懦弱、不坚强，从以前就是这样，她的多半逞强都是故意做给他看的，而实际上，她并不坚强。

他皱了皱眉：“你现在有谈条件的资本吗？”

确实没有，她的行李连同证件全部留在了火车上，不知所终。手机没电，满身伤痕，身无分文，又不可能指望存钱罐里的那点钱帮她回到华城。

她看了他一眼，眼眶一红。

周滴浦别过头不看她。

“你送我回家好不好？”她趴到车窗上乞求。

“我现在训练期间，活动范围有限。”他的语气里没有一丝温情，“要么你上车，我就近送你去支教的地方，要么，你自己想办法回家。”

要是换个身份设定，说什么，他都会答应她的诉求，她所有的诉求。

可偏偏，现在的这个，不能，不可以。

梁深晚像是赌气，开了后排的车门，坐了进去。

太阳升了起来，天边的云霞淡了很多，天空湛蓝，万里无云。

他伸手递给她面包：“先垫下肚子。”

“谢谢，我不想吃。”语气坚定。

周滴浦突然刹车，开门跳下车，又打开后排的车门坐了进来：“不要跟自己的身体作对，你接下来不是还有很多事情要做吗？”

她疑惑：“很多事情是指什么事情？”

他叹了口气，不知道她为什么还在跟他装傻：“梁深晚，别作践自已。”他再次把面包递到她面前。

这一次，梁深晚接住了，瞪大了眼睛看着面前这个突然陌生了的人。

看着她一口一口地将面包吃下去，他才重新回到前面。

车子发动后，天边有了云彩，流水一样细细地朝着西方延伸。公路两边的戈壁滩稀稀疏疏长了新发芽的骆驼草，四周的一切安静无声。

“对不起。”

他的声音从前方传来，她原本已经平复的心情，突然又起了波澜。

他从后视镜里看到她偏着头，红了眼眶。

第五章

DIWUZHANG

遇险

戈壁的尽头，是一片白杨林。

公路修在白杨林中间，平整的黑色沥青路，中间有道黄色的分割线，两边的白杨高大挺拔，像是刚刚出了新芽。

梁深晚一改郁结的心情，趴在车窗上，脑袋伸出窗外，长发飘动在风中。

“饿了吗？”

开车的人终于开口打破了两个人之间长达五个多小时的安静。

梁深晚回到座位上：“我还以为，这里除了戈壁就是沙漠呢！”

“差不多。”

“你打算把我送到哪里？”

“五百公里外的一个县城，你们的支教团队在那里集中。”

“你是怎么知道的？”

“查的。”

“怎么查的？”她表示怀疑。

周湳浦又问：“饿了吗？”

“准备再给我吃面包？”

“穿过这片白杨林，有个小镇。”

“你对这里很熟？”

“每年会来两趟。”

“你现在不是在一般的军队对不对？”

“等下去了镇上，你吃东西，我找地方去加油。”

“周湳浦，你是特种兵？”梁深晚趴到他身后，“随时都在待命，都会死掉的那种，是不是？”

周湳浦不说话，在心里计算着还有多久可以达到，油箱里的油快要燃尽了。

她手脚发凉，重新坐好后，心里的有片阴影开始无限放大。除了对他有放不下的担心，还有满满的自我悲伤。

悲伤她一个平凡普通的人，其实早就没有跟他齐肩的可能了，她一直执着的东西，在对方的眼里毫无价值，根本不值一提。

路况好了之后，他加快了速度，来到小镇已经是下午一点多。四月天的大西部，早晚温差很大，正是一天当中最热的时候，梁深晚脱下外套走在他的前面。

周湳浦拉住她的胳膊，把早上在服务站买的对讲机递给她：“你先去找吃的，遇到危险的时候就用这个叫我。”

梁深晚看了看对讲机，又看了看周湳浦：“到那个时候再叫你，有用？”

他单手把她揽到怀中抱紧了在她耳边轻声说：“有没有用，你试试就知道了。”

梁深晚齐他肩膀高，耳朵正贴到他的胸口，听到他规律有力的心跳后，莫名心安。

周湳浦上车后一溜烟就把车开走了，她转头走进小镇的街口。

小镇不能用破落来形容，用原始来描绘倒是很恰当。长长的一条街横在她面前，街面上有保持完好的土房子，中间夹杂着几座样式老旧的白砖房。

偶有汽车或者摩托经过，扬起一阵细尘。有人牵着骆驼从她面前经过，驼铃叮叮当当。一些人蹲在马路两边，面前堆着一些颜色鲜艳的水果，有些她叫不出名字。

有制作过程新颖的烤包子，白面团放进像井一样炉子里，没过多久黄灿灿的包子就烤好了，闻着香气扑鼻。

烤肉摊上围满了人，小伙子功力特别好，在上面撒了厚厚一层辣椒面和孜然粉，三下五除二翻动两下，烤肉色泽明亮，香飘四溢。

梁深晚环顾了一下四周，最后选了一家兰州拉面，要了两碗牛肉面。等待的过程中，老板问她从哪里来的。老板的普通话不是很好，她没有听很明白，就在她略感尴尬的时候，坐在她左后方的一女孩开了口。

“人家老板是问你从什么地方来的。”

梁深晚扭头看了她一眼，女孩很清瘦，穿着一件白色的长衬衣，头上戴了一顶黑色的帽子，帽檐压得很低看不清楚脸，在非常认真地吃面。

“哦，我是从华城来的。”她回。

“华城啊，好地方！那你来我们这里干什么？”女孩帮忙翻译。

“来支教。”

老板伸出了大拇指，冲梁深晚笑了笑。坐在她左后方的女孩起身结账，周湳浦拿着矿泉水走了进来，和女孩擦肩而过。

梁深晚向周湳浦挥了挥手，周湳浦一步三回头，对刚刚离去的女孩好像很感兴趣的样子。

梁深晚将面推到他面前，不悦：“眼睛都长别人身上了，要不要我帮你要电话号码？”

“我们不用手机。”

“哦，那还真是可惜了。”

周湳浦笑：“我是觉得她很面熟。”

“是啊，你们跟所有长得漂亮的姑娘都自来熟。”

梁深晚将桌子上的醋使劲往碗里倒，周湳浦隔着桌子都闻到了酸味，他笑着伸手将她的那碗跟自己的换了过去。

“醋吃多了不好。”

梁深晚想夺回去，没争赢：“我爱吃，你管我。”

“你们支教团队有人过来接你了。”他吃了一口面，很酸。

梁深晚低着头，大口大口地吃面，她真的是饿惨了：“知道了。”

周湳浦停下吃东西的动作，看着她说：“我送不了你很远了。”

“嗯。”

“你到了县城记得给手机充电联系家人，赶紧回去。”

“哦。”

“好好照顾自己。”

梁深晚抬头，眼里满是雾气：“临别赠言？”

隔着一张桌子的距离，周湳浦差点没忍住过去抱住她。他从未后悔过选择了这个职业，但此时此刻是个例外。

不得不承认，他心里变得非常压抑。通观这些年，他很少流露个人感情，别人都说他活得像一个机器，无欲无求，战斗力强悍到让人闻风丧胆。

可她一出现，就打破了他的所有底线，她依旧是那个唯一能够牵动他情绪的存在。

吃完面，周湳浦递给她一些水还有水果：“带在路上。”

“我不需要。”

“我知道，但是带上。”

她心里很堵，如果从多年前分开他们就再也不会遇到，她最多用半梦半醒的状态去度过一生，沉沦回忆也好，逃避现实也罢，唯独不会期许未来，不会再想他们可能有的以后。

可现在，叫她如何甘心，怎么收拾那份心情。

出了小镇，过了一片绿洲，映在她眼前的就是一片漫无边界的沙漠。蜿蜒曲折的国道线就像一条水蛇游荡在湖泊中。

行车三小时，已是傍晚时分，沙漠在夕阳下呈现出了阴阳两界，明处明，暗处暗。

“阿湳，”她趴在车窗上不看他，“你还没有回答我。”关于你是不是特种兵，会不会随时死掉的那个问题。

“如果是的话，你会怕我？”

“我是怕，只是怕再也见不到你。”不管是因为你特殊的身份，还是因为你随时都会面临由不得自己的生死抉择。

“你回去以后，我们是不会再见。”他简单直白地回答。

穿上军装的男人，就意味着他此生选择的是国家，爱恨情仇在使命跟前，都会变得毫无竞争力。

她回过头，瞥见他的侧脸，明明是春好时节，他眼里却染上了秋霜。

新修的国道差不多快要到尽头，前面的路不好走。国道的尽头是一小段沙丘，过了这片沙丘前面接着的是一条乡道。

绕上了一个沙丘，周湳浦眼前略过了一道黑影，他几乎是下意识地关上车窗，将梁深晚拉到怀中：“趴下！”

接着枪声在辽阔的荒漠上响起。

梁深晚一惊，还没做出反应就被周湳浦按到了座位底下，有金属擦过车窗玻璃的声音，嘶鸣着让她害怕。

“阿湳，出了什么事？”她想挣脱，却被他牢牢地护着。

“别动。”他几乎是用吼的。

梁深晚知道这个时候如果不听他的指挥，就只会给他添乱。尽管很想知道发生了什么，但她还是乖乖地躲着没抬头。

周湳浦迅速打了左转，想要回到国道上，但这个时候已经晚了。前面有两辆车横在他们面前，陆陆续续地从车上下来了几个人。

在他们开枪之前，周湳浦一踩油门，汽车在沙丘上倒着行驶起来，他要在最短的时间里把车开到沙丘下面。

从车上下来的几个人像是在玩猫抓耗子的游戏，不急着攻击，而是一步一步地把倒着行驶的车撵到沙丘下面，周湳浦的举动仿佛正合他们的意。

汽车行驶腾起的沙尘在双方之间形成了一个小小的幕布。

“会开车吧？”汽车滑下沙丘后，周湳浦问。

梁深晚抬眼点了点头。

“等车掉了头，我跳车的时候你就立马坐过来，笔直地以最快的速度开出沙丘……”

“我不要，要走一起走。”梁深晚到现在还没有看到车窗外的情况，她说这话，完全是本能。

周湳浦一个左转，车子成功掉头：“上了乡道你只管朝前开，大概五十公里，你会看到一个服务站，里面的老板叫封灼，你去找他，他会保护你。”

“周湳浦……”

他抓过她的手放在方向盘上：“现在什么都不要问。”

她透过车窗看了一眼身后的沙丘，有几个人正在朝下滑，手上拿着枪支，长相和之前绑架她的人很像。

“他们是冲我来的对不对？我不能连累你，要么你跟我一起走，要么我跟你一起死。”

“他们是冲我来的，”周湳浦一脚踢开车门，“我破坏了他们的交易，而你只是人质。”

“周湳浦，”她眼眶一热，眼泪“唰”地流了出来，“你回头是想送死吗？”

不回头，两个可能都会死。

眼瞅着那些人已经朝他们走了过来，周湳浦俯身从手套箱里掏出一把刺刀，又以闪电般的速度在她额头上亲了一下，目光不容商量：“去那里等我，乖。”

他跳下车，重重地将车门关上。

梁深晚眼睛一合，面前一片模糊，后视镜里，周湳浦侧翻到正在朝她举枪的人身后，枪声落下，引起一片巨大的沙尘。

她眼睛止不住地泛水，下脚将油门踩到最底，车轮在沙地上翻滚了几下便扬长而去。

身后的枪声不断，黄沙腾空而起，将他与她的世界隔成未知的两段。

“周湳浦，”她收住眼泪，“你最好让我等到你。”

落日浮在沙丘的尽头，如血一样的残阳将天空染红，天地一色，任何物体在这天地间都会显得极为渺小。

梁深晚神经绷紧一路向西，身后的声音渐渐小了下来，冲出沙丘，乡道出现在眼前的时候，她将车停了下来。

回头望了望浩瀚如星海的沙地，她犹豫要不要回去，生死之间不应该抛下他一个人离开。

可是，她又害怕如果不按照他的指示去做，回头只会给他添乱。

关咲在她装睡的时候跟她说过，周湳浦曾经单人闯敌营救回了人质连一颗子弹都没有用，他是“天鹰”队里年纪最小的中尉，他的军衔升得最快，他是精英中的精英。

他说相信我，他目光坚定。

她好像别无选择，深呼一口气，又踩下了油门，车子飞驰在坎坷的乡道上。

驱车将近五十分钟，在落日余晖还未完全散尽的时候她终于在崎岖的乡道边看到了两棵摇曳在风中的小白杨。

白杨后面有间房子，说它是房子是因为它确实有着房子该有的构造。

其他的，就一言难尽了。要不是因为土墙上用红色的油漆写着“服务站”三个字，无论如何，她都是无法相信这个地方能安身。

汽车的响动让屋内的人瞬间警惕起来，封灼将短枪藏进袖子，靠在门口厉声问：“谁？”

梁深晚靠在车门上，发现自己已经手脚发软，似乎有点下不了车。

“你好，请问你是封灼先生吗？”她只能待在车上问。

封灼闻声将木门打开，探出头看到了熟悉的车型，才放下心来，冲着车里的人说：“我是封灼。”

梁深晚这才将车彻底熄火，再一回头，那个叫封灼的就站在车门处，他用力一拉，车门打开，梁深晚道了一声谢，脚刚沾地，一道黑影“咻”的一声从屋里窜了出来停在她脚边。

一朝被蛇咬十年怕井绳，她条件反射一般惊叫着又缩进了车里。

“四月，”封灼冲车门处喊了一声，“怎么这么不懂礼貌？”

被封灼那么一训，一只成年巧克力色的拉布拉多寻回犬就站了起来，盯着车上的梁深晚看。

“不好意思啊，四月就是精力太旺盛了。”

梁深晚下车，四月在她脚边蹭了蹭。

“难怪它会窜出来了，你脚上的鞋子是关咲的吧？”封灼边说边把她往屋里引。

梁深晚疑惑地点头，他进屋就燃了一根蜡烛。

屋里亮了她才发现，这个服务站和早上那个设置的格局很像，就连物品的摆放形式都差不多。

到这里傻子也想得出来，在这鸟不拉屎、人烟稀少的地方开服务站多半是有特殊作用的。

“还没吃晚饭吧？我这里条件简陋，我给你……”

梁深晚找了个地方坐下：“不用了，不用麻烦，我在这里等人。”

他盯着她看了一眼，脚上是军靴，腿上是一条已经不是很干净的水洗牛仔裤，上衣穿着宽松的军绿色T恤和一件黑色的夹克。

她不是“天鹰”的人这是肯定的，他想，但她却穿着关咲的鞋子。

他警惕起来。

封灼将袖子里藏着的枪握紧，走近她问：“你怎么会来这里？”

对方突然改变套路，梁深晚也莫名紧张起来。她以前看过谍战片，那些出色的间谍总是有办法在穷凶极恶的环境里成功脱险，可那是有主角光环才会有的情况，要是搁在现实里，不知道要死多少次。

他们因为有主角光环加身，所以不会死，更重要的是有足够的智慧应对随时会出现的各种状况。

梁深晚在这一方面，很明显，没有天赋。

她感受到后背有硬东西抵着自己，这种感觉似曾相识。

“有人让我过来的。”这种情形她不敢说出周湳浦的名字，封灼的反应让她不确定面前的这个人是否是封灼本人。

“谁？”

“一个认识你的人。”周湳浦只让她过来，却没有告诉她接头暗号什么的。

封灼看着梁深晚，明明已经浑身在发抖了，也不知道她在逞什么强，只要确定她身上没有携带武器，那不管她是什么来历，都无所谓了。

封灼伸手刚想搜查，却在手碰到她肩膀的那一刻被梁深晚一个回头抱住他的胳膊就是一顿咬。

“啊……”封灼甩开她，“你属狗的啊？”

“你要干什么？”

“荒郊野外的，我能对你干什么？”

“就是因为荒郊野外，所以，”她实在是有点撑不住，“你是封灼没错吧？”

封灼再次申明身份，她才低下头，心头的忧虑和害怕一股脑化成了汹涌的暗潮，像是在海上漂浮了很久好不容易着陆的人，她一下子瘫在地上。

封灼看了看面前的人，一身狼狈，不要说有威胁了，现在大概都是自身难保。确定了这个信息，他才问：“你要等的人，什么时候来？”

梁深晚摇了摇头。

封灼起身回到里屋，良久之后又出来，发现梁深晚出了门，正坐在院子里。

头顶上是满天的繁星，脚下是茫茫的沙漠，她一个女人坐在那星光下，背影看上去甚是寂寥。

封灼走过去递给她一杯热水：“不用担心，周老大他战斗力很强。”

封灼回屋接收到的消息是，周湳浦在护送人质的途中遭遇境外武装袭击，已经派人援助，但生死不明。

左引在最后还给了他一条消息，周湳浦保护的人，请他也务必帮忙保护。

梁深晚接过水杯，瘦削的双手紧紧抱着，力气大得好像水杯就要被她挤扁。

每多等一分钟，对她来说就多一份煎熬。看不见尽头的星空和那片沙漠在遥远的地方无缝对接，她目光盯着来时的方向，想着下一秒他就会出现。

“想听点故事吗？”封灼点了一根烟盘腿坐在她身边，四月卧在沙里一动不动。

梁深晚揪起的一颗心惶恐不安，不安中又充满了悔意，此刻她无心倾听，哪怕是关于他的过往。

封灼不再征求她的意见，自顾自地打开话匣子：“我啊，以前跟着周队，后来犯事了，是周队保的我，现在在这里当联络员，苦是苦了点，可总比没命了好。”

“周队那个人啊，年纪不大，心思却稳重得很。我们一起出任务，他从未让我们中的任何一个人受过伤。”

“有一次，我们是南边出任务，对方也是境外武装，走私的你猜是什么？是还没长大的女娃娃，把幼女当成商品交易！可是那帮人已经过了边境线，我不甘心抄着家伙追了过去，打伤了一个。”

“周队拽我回去，把队里发的枪弹还了回来，只身一人空手前去。”

梁深晚望了他一眼，封灼将烟掐灭：“我们都以为，他会死。可他没有，天亮的时候，他带着那帮女娃娃站在了祖国的土地上。”

“我们周队，他是神。”

听到这里，梁深晚就更心疼了。这些年，她固执地活在对他的余怨当中，可他却在她不知道的地方，真的是用一腔热血在捍卫着她自以为是理所应当的和平与安宁。

渺小如她，承担不起周湳浦会有的任何一种危险后果。早知道会是这样，她宁愿是自己留下来跟那些人搏斗，反正又不是没有经历过，而周湳浦应该活着，他有更重要的存在价值。

四月在沙地里换了好几个姿势，始终都卧在梁深晚的身边。封灼说，四月以前是周湳浦身边的军犬，后来在执行任务的时候受了伤，有些动作不灵敏了，周湳浦便让它跟着封灼来到了这里。

梁深晚伸手捋了捋四月的脊背，四月闷哼一声，又换了个姿势。

深夜已至，封灼靠在门框上打起了盹，梁深晚在夜风中却越发清醒。

有流星从天上滑落到了半明半昧的天边，她顺着星星滑落的轨道望过去，星辉之下，她惦念的人正朝她走来。

梁深晚不带一丝犹豫，起身奔向他，四月跟在她的身后。

她扑到他身上，没等他反应她就一把抱住了他。她靠在他胸前号啕大哭，哭他的劫后余生，也哭自己的蠢不可及。

他见状，不合时宜地问：“梁深晚，你到底有多喜欢我？”

“你无法想象。”

“别哭。”他把手放在她的脑后，“都这么大的人了，怎么还跟十七八岁时一样？”

他安慰她，仿佛之前发生的武装冲突并不是什么恐怖的事情，不过是小两口床头吵架床尾和一般的稀松平常。

梁深晚放开他才发觉，他身上沾满了血迹，衣服的胸口和肩袖被撕破，手臂上好像有几道伤口，从里面溢出来的血迹还未干。

看都这种情况，梁深晚好不容易落地的一颗心又悬了起来，她泪眼汪汪地问：“很疼吧，严不严重？”

周潇浦故作轻松：“都是擦伤，不碍事。”

“什么不碍事！”梁深晚情绪激动起来，“真的把自己当成神了吗？一个人单枪匹马地跟那么多人拼命，周潇浦你怎么这么自大？”

周潇浦宠溺地笑了笑：“你担心我？”

“对啊，担心你，担心得都快要死了。”她直白地回答。

劫后余生带来的放松感瞬间消失，他心里一颤。

周潇浦可以坦然接受梁深晚无休止地喜欢自己，却不能自私地让她担惊受怕。

他将她搂到怀里，柔声道：“说了让你相信我的。”

梁深晚问：“那些人都抓住了吗？”

周潇浦点了点头：“现在可以安心地去睡一觉了。”

封灼帮周湳浦简单地处理了一下伤口,给了他干净的衣服让他换上。

服务站里没有多余的床铺，封灼借口要开车出去兜风，把屋子留给了周湳浦和梁深晚。

见鬼，大半夜里去兜什么风！周湳浦心里清楚，但嘴上不说。

他将身上的血迹擦干净，简单洗漱之后光裸着上半身走了出去，还没来得及穿衣服，梁深晚盯着他就走了过去。

她轻轻抚上他胸前还有肩膀上的伤疤，新的旧的，重叠在一起。虽说伤疤是军人的勋章，可现在它们却扎得她眼睛生疼。

在她情绪上升之前，周湳浦一把抓住她的手腕：“早点睡。”

她垂下眼睛问：“阿湳，你不想我吗？”

周湳浦动了动喉结，刚刚经历了一场搏斗，眼下他从未放下过的那个人又这么问他，他身体里突然涌现出一股难以克制的燥热。他怎么可能不想她，这么多年除开训练和出任务的时间，他都是靠想念眼前的这个人度过的。

但现在他不敢看她，他不能表现出对她的渴望，梁深晚在他犹豫的时候抬眼踮起了脚。

就在她润色的嘴唇即将触碰到他的那一刻，他只怕是用光了最后残存的理智将她推开。

“没有时间去想。”语气生硬，好像说的都是真的。

“那你三番五次死里逃生地救我，又是为了什么？”

周湳浦艰难地滑动了一下喉结：“因为我的使命，救你是职责，换作其他人我也会拼尽全力，换作其他人也会这么拼命救你。”

“只是这样？”

“没有其他。”

周滷浦扭身选了墙角的板凳，倒头就睡。

四月卧在他面前的地上，没过多久也睡着了。

梁深晚浑身一抽，莫名地觉得无法自处。

第六章

DILIUZHANG

分离

梁深晚错误地估计了周湳浦的变化，实际上，他应该是除了外貌，甚至是外貌都或多或少变了，而在对待她的态度上却是一点都没有变。

华城每一年都会举办两次高中足球联谊赛。

周湳浦在高二那一年成为校队队长。

应该说是打着学校足球队队长的名义好撩妹吧。

这么说，绝对不是无端揣测，就凭他排除众异死活招了个妹子一起踢这件事，就足够定罪了。

听说了这件事，原本打扮好准备去观战的梁深晚一怒之下将好不容易绾好的头发又拆了。

凌安知退后一步生怕被她的怒气波及："我说，晚晚，周滳浦和关咲那种关系，咱们就不去掺和了吧，俗话说，天涯何处无芳草。"

"可我偏爱这一枝。"

凌安知咂了咂嘴巴："其实我觉得洛长白也挺好的，虽说脑袋不比周滳浦灵光，长得也差强人意，但抵不住他家有钱啊。"

梁深晚回看她一眼："你说得就像是我家稀罕他家那点钱一样。"

"哦……对对对，你比他还有钱。这么看来的话，他还真的一无是处了。"

半个小时后，足球场上华高和市一中之间的预热赛开始了。

周滳浦带队进攻，一开始都挺顺利，在主场开局有利的情况下，华高先进一球。

然而这场比赛，华高在这个进球之后就漏洞百出，在队长的带领下，防守的防不住，进攻的攻不下，周滳浦甚至还恍恍惚惚地往对方球门里踢进了一个球。

"WTF！"观众席上一片哀号，"周滳浦今天吃耗子药了？"

在局面不利于华高的情况下，周滳浦还将场上唯一看起来状态不错的关咲给换了下去。

"我去，这还不如直接把球场向敌方倾斜四十五度。"

"算了算了，这一季华高是没戏了。"

"还以为周滳浦有多厉害。"

"完完整整地继承了国足的衣钵，厉害厉害。"

“给这波伤害加 32 个 666。”

……

中场休息的时候，梁深晚还没注意，关咲就一个箭步飞了上来，一巴掌打翻她怀里抱着的看起来十分做作的爆米花：“给你一秒钟的时间消失。”

爆米花顺着看台往下滚，梁深晚怒气十足地站起来：“凭啥啊，足球场是你家的？再说，你给我一秒钟消失个看看。”

关咲瞅了一眼坐在梁深晚旁边的洛长白：“看得懂吗，你们就来？”

这就不讲道理了，梁深晚护住洛长白：“咋的了，看不懂就不能来了？”

眼瞅着下半场就要开始，关咲换了语气：“那你就闭上你的嘴巴，别让我们在球场上还能看到你笑得后槽牙都要掉出来的样子。”

“在球场还有时间看我，关咲你喜欢我啊？”

“知道为什么吗？”关咲不屑，“因为整个操场上，就你看起来像个二百五的脑残。”

“你神气什么。你不脑残，你不脑残你来踢足球？我们学校差你一个女生？”

“女生咋了？”

“女生不咋了，但你这样就是对对手的不尊重。”

“你胳膊肘往外拐？”

“我胳膊肘站正义。”

“就你？还正义？”关咲轻笑一声，“那有本事你就去声张你的正义去啊。”

梁深晚就看不惯关咲一副牛气冲天的样子，兴许是真的想声张正义，兴许只是一时冲动，总之她真的跳下看台跑到裁判那里将关咲是女生的事情说了出来。

华高那一季的足球联谊赛，终止于那场和市一中的预热赛。

这件事的轰动程度，足以载入不正规足球赛的史册了。

然而始作俑者，从那场比赛之后很长一段时间，都没在周湳浦跟前晃荡。

周湳浦习惯晚自习下了最后离开，刚出教室门，就听到楼梯间里传来声响，接着声控灯就亮了。

他勾起嘴角一笑，走到拐角处，果然看到了贴墙而站的梁深晚。

低着头像是等待被批评的幼儿园小朋友。

周湳浦装作没看到一般从她面前经过，却还是在下了两级台阶之后停下来问：“这几天，不在学校？”

梁深晚赶紧回：“在啊。”

“在？”他从下面上来走到她面前，“躲我？”

“没脸见你。”

“没脸？我看你那天笑得挺开心的啊！”

梁深晚急于解释：“我和洛长白不是笑……”

不说洛长白还好，说起他，周湳浦的火气一下子就又上来了：“故意找个人在我面前打情骂俏，气我？”

哎！重点是不是搞错了？

梁深晚用力摇头。

“现在来干什么？”

“因为太想你了。”梁深晚低着头声音越来越小。

周湳浦凑近她。少年阳光般的气息在她鼻尖蹭了蹭，她紧张得心脏都要跳脱，下意识地闭眼，好像是要等待一场意外的亲昵。然而那人却恶作剧一般地又远离，接着毫无感情的话就从他嘴巴里说了出来：“那你接着想。”

就在她窘迫得想钻地缝的时候，耳边传来了关咲山洪般的嘲笑声，那声音由远及近，就像是在眼前，吓得她浑身冒冷汗，一下子从遥远的过去回到现实。

睁眼，日上三竿。

床头放着一杯冒着热气的牛奶。

她坐起来，心想真是倒霉，做个梦都能梦见那个糟心的人，却不曾想更让她糟心的还在后面。

梁深晚去洗漱时通过破旧的窗户望过去，院子里好像有两个人影在晃动，她加快速度，洗完披了外套就跑出去。

太阳照在黄沙上异常刺眼，她眯着眼睛望过去，不望还好，一望，那胸中盛满的醋意就像从破了底的瓦罐往外流，兜都兜不住啊。

站在院子里和周湳浦一起逗四月，乐得差点把嘴笑咧到耳根子的人不是关咲是谁。

真是走到哪儿都有她，不对，应该是有周湳浦的地方就有她，阴魂不散嘛！

“儿子，捡起，过来！”关咲蹲在院子东头，没有穿军装，套了一件白T和一个黑色休闲裤。

周湳浦蹲在院子西头：“儿子，来这里。”

可怜的四月在两个人之间来回奔波，但“狗家”一点都不觉得累，谁叫去谁哪儿，一点都不顾及昨天晚上还跟梁深晚有过一段亲密相处的时光，完全把站在门口的梁深晚无视到天际。

“哈哈……”关咲抱着四月的脑袋又是亲又是摸的，那一脸慈母般的笑容真是怎么看怎么让人不爽。

她笑就算了，关键是周湳浦也跟着笑，亲了她亲过的地方，摸了她摸过的毛。

真是操蛋！

梁深晚清了清嗓子，发出的声音成功引起了两个逗“儿子”的人的注意。

周湳浦看到她的那一瞬间，脸上的笑容就消失了。卧槽！梁深晚在心里大骂，老娘看起来有那么丧气吗？

“醒了？”

——能换一句话问吗？不醒是准备让我睡死过去，你俩好远走高飞是吧。

她调整了一下情绪，朝关咲望过去："哟，关医生来了啊。"

关咲丢掉四月，但笑容还挂在脸上："你不欢迎我？"

"正常人谁会欢迎医生啊！"

"不巧，你还真不是正常人。"

过了那么多年岁，梁深晚早就不是那个轻易就能被人点着火的人，她不怒："我当然知道我不正常了，正常的怎么会跟你站在一起？"

"梁小姐，只怕是……"

从外面回来的封灼看不下去，就打断她们："我说，你们要不要吃中饭？"

这个服务站几百年不来人，一来还来了仨。要是都和和气气的还好说，可这剑拔弩张的氛围不得不让封灼怀疑自己地盘的风水是不是有问题。

周湳浦冲四月招了招手："儿子，走。"

"知道地方吗？"封灼问。

"这地方，我比你熟。"他边走边冲封灼挥了挥手。

关咲立马跟上去："我和你一起。"

封灼一把拉住她："你就别跟那儿凑热闹了，来帮我添火。"又冲梁深晚示意，"去帮他啊。"

梁深晚心高气傲，帮什么帮，不帮！可留下来跟关咲两个打嘴仗也不见得是什么有意思的事。

她磨磨蹭蹭地跟在周滳浦身后。四月倒是识趣，走几步就停下来等梁深晚，训练过的狗果然不一样，情商都比一般的狗高。

周滳浦原本走得很快，在离服务站一段距离之后他慢了下来，等梁深晚走上来他跟她并着肩。

梁深晚瞅了他一眼，换了干净的T恤，手臂上的伤口经过了包扎处理，很明显这就是关咲来的目的了。

关咲可真是体贴周到。这样看来，周滳浦跟关咲在一起，至少是幸福的，不然，昨天晚上也不可能那么干脆又无情地拒绝她。

那么，为什么要跟来？有病嘛不是！她甩了甩头，有些后悔。

走上沙丘，周滳浦问："累了？"

梁深晚摇了摇头。

周滳浦指着前面对她说："看。"

顺着他手指的方向，梁深晚看到了一片高大的仙人掌林。

它们长得比梁深晚还要高，有些简直长成了柱状，在这四下无人的荒漠里纵横肆意地成长，成片成片的，显示着旺盛的生命力。

四月兴奋地朝那边跑，周滳浦叫住它，笑着对梁深晚说："你不知道，这畜生刚来的时候，一头撞过去，扎了一脸的刺，肿了个把月呢！"

梁深晚没笑，直愣愣地问："畜生？这不是你跟关咲的儿子？"

"……"周滳浦说，"这里面是有故事的。"

梁深晚先他一步下了沙丘："谁要听你们的故事。"

四月跟上梁深晚，周滳浦戴了手套走过去，将仙人掌果摘下来装进袋子里。

“这玩意儿能吃？”梁深晚问。

“酿酒。吃也是可以的。”

梁深晚后退一步：“这么艰苦……为的是什么？”

“总要有人来做这件事，不是吗？”

大道理谁不懂，可要实践起来，没有一个非去不可的理由，一般人谁会选择这条路。

梁深晚心里郁闷，但迫于立场不明确，她不好说。

反正，他们也快要分别了。听关咲跟封灼说，她是来接他的。

仙人掌的果实要好几年才能完全成熟，营养丰富，用来泡酒可以加强伤口愈合。当然了，这是封灼说的，周湳浦也不确定是真是假。只不过每次来他都要借故让周湳浦给他带酒过来倒是真的。

梁深晚伸手准备帮他摘，周湳浦阻止了：“有刺。”

“那你给我一只手套。”

“你看着就行了。”

“看你摘仙人掌果实？”

“觉得很无聊？”

“难道不无聊吗？”

他停下来，望着她：“你以前不这样。”

梁深晚索性走远一点，坐了下来：“你不是也变了吗？”

聊天终止了。

四月蹭在梁深晚的膝头，但梁深晚并没有伸手摸它。想到刚在它还在那里讨好关咲，梁深晚就莫名地开始嫌弃四月，真是什么样的人养什么样的狗。

梁深晚望着他手臂上的伤，心里刺挠了一下，走到他面前问：“说吧，那帮人为什么要找我？”

周湳浦先是一愣，继而装作没听懂的样子说：“他们不是找你的，昨天不是已经告诉你了吗？”

“当我傻？”梁深晚蹙眉，“你们的行动那么隐秘，身份都不对外公布，他们怎么可能知道你的行踪还故意来找你？”

“不小心就暴露了呗。”周湳浦拍了拍她的肩膀示意可以回去了。

回程，梁深晚走在周湳浦的前面，沙丘上吹过了一阵风，来时的脚印就消失了，身后只有一串回去的印子，长长浅浅的。

封灼在白杨树下摆了一张折叠桌，上面放着四菜一汤，熏鸡肉、熏鱼肉、腌牛肉和小炒腊猪肉，汤是鸡蛋汤。

“我们这里简陋，梁小姐将就一下。”封灼摆上碗筷，客气了一下。

关咲将米饭放到桌上：“简陋什么啊简陋，全肉宴，军师级别的待遇还想怎么样。”

“那这真是我的荣幸。”梁深晚说。

“不然你以为是你的什么？要不是因为你是梁深晚，你早就……”

周湳浦不悦：“关咲，吃饭。”

这好像是相遇之后，他第一次在她处于弱势的情况下帮她说话。

从进入这荒蛮之地，梁深晚就没有认认真真地吃过一顿饭，米饭在他们这里像是什么稀缺物种。她端着一晚白米饭扒了一口，味道虽然一般，但好歹是吃上米了。

“不要光吃米。”周滳浦夹了牛肉放到她碗里。

梁深晚还来不及说谢谢，关咲就立马把碗伸到周滳浦面前：“周队，我也要。”

要你个大头鬼你要。梁深晚脸一黑把周滳浦夹给她的肉丢到地上唤了四月。

封灼默默地喝了一口汤，觉得盐味有些淡，于是起身对他们三个说：“我进屋拿点盐去。”

一去不返。

熏鸡肉是干煸的，梁深晚觉得看起来不错，筷子刚伸过去，敌军就以迅雷不及掩耳之势抵达了。

两人好巧不巧地夹住了同一块。

关咲力气更大一些，笑眯眯地夹起来：“哎呀，封灼这手艺是越来越好了，你看这块鸡肉，被他炒得晶莹剔透，想必味道一定相当不错。”

梁深晚瞪了关咲一眼，看那小人得志的样儿！她气鼓鼓只能再扒一口白米饭，却在刚低下头的时候，关咲将鸡肉放进了她的碗里。

“看你那小媳妇样儿。”关咲一改常态地跟她开起了玩笑。

周滳浦喝了一口汤，放下碗筷：“我吃饱了。”

关咲跟着放下：“我也饱了。”

吃饱了都滚吧！闹心的人一离开，梁深晚换了舒服的方位又给自己盛了一碗米饭。

关咲和周湳浦站在屋内的窗户里朝外望，四月蹲在他俩脚边。

关咲问：“都清楚了？”

周湳浦回：“嗯。”

“那还让她一个人走？”

“我相信她。”

“那最好不过。”

“你还关心？”

关咲叹了口气：“早就放下了，我又不是你。”

梁深晚将最后一口米扒进嘴里的时候，不远处的沙丘上开来了一辆车，车上还有人将脑袋伸出窗外冲她挥手。

一口米饭憋在嘴巴里忘了吞咽，她立马站起来朝门口退，没两步就撞上了一个人，她回头周湳浦正低着头看她。

“不要怕，我在。”

梁深晚使劲将米饭咽下去，还没缓口气车子便开到了他们眼跟前。

车上的人性急得好像都等不到车子停稳，推开车门一步跨到梁深晚面前，略显激动：“梁小姐，我以为再也见不到你了。对于这次的事件，我深表歉意。”

梁深晚连连后退："等等，你是谁啊？"

他一本正经地介绍自己，像第一次见面："哦，我叫吕品，这次支教团队的负责人。"

梁深晚眼珠子左右转动，一拍脑门想起来了："哦，你啊！"他乡遇故知，算得上是人生四大幸事之一，特别是劫后余生，别有一番滋味，"你怎么找来的？"

吕品解释："我们第二天到站，发现少了一个人，可能是你去了卧铺从头到尾跟我们联系少，我们大家对你的印象是有，但一时想不起来了。你行李上贴有我们支教团队的标签，我们就帮你拿走了，到了地方，大家互相提醒才终于把你给想起来。"

梁深晚脑冒黑线：我是有多不显眼！

他接着说："不过，我们大家都以为你是中途下车逃跑了。"

智商不错！

"直到前天，接到一个信息，说你被劫了，我们才意识到坏了。但又不好立马下定论心想万一是骗我们怎么办……"

周滳浦不耐烦地上前一步："小伙子，内心活动不需要这么多姿多彩，捡重点说，确认了没有其他事，你就把人领走！"

梁深晚回头看了他一眼，心里一沉。至此，她有些相信，周滳浦已经对她没有任何感情了。

她已过了死缠烂打的年纪，活到现在，自尊心的重要性远远超过了没头没脑的瞎热情。

梁深晚将那天他给她的对讲机还给他：“我留着也没用。”

“当个纪念。”

“我不想纪念你。”

“那最好不过。”周滳浦一脚跨进屋子。

封灼靠在门口吐了一口烟，摇了摇头。

吕品被周滳浦叫去，不知道在跟他说什么。

关咲蹲在地上逗四月。

“关咲，”梁深晚始终还是没能忍住，“你和周滳浦……现在是什么关系？”

关咲笑了笑：“你这么关心我们做什么？”

“只是想要一个彻底死心的理由。”或者一个机会。

重逢的日子里，周滳浦所表现出来的行为让她捉摸不透，好像留有余地，却又无路可走。

关咲亲了一下四月的头：“为彼此流过血，差点送过命的关系。这么说的话，够不够你死心？”

梁深晚一怔，无言以对。都做到这种份上了，他们之间恐怕不已经无法用一个社会属性的关系来定义了。

无论如何，她对周滳浦所有的情感和关咲一比，好像显得既狭隘又渺小。

她不甘心，可又不得不承认。

关咲揉了揉四月的肚子：“四月啊，爸爸妈妈要走喽。”

梁深晚浑身一颤，真恶心！

关咲似乎感受到了她的气压，抬起头带着挑衅的目光："你嫉妒？"

梁深晚气势不能输，就算只是嘴硬："我梁深晚要什么没有，周湳浦也就是在这鸟不拉屎的地方看起来有模有样，出了这大荒漠，模特鲜肉老干部还不都是随我挑，我嫉妒个毛？你喜欢就好好留着。"

这话似曾相识。

正好出门的周湳浦脸一黑，冲着关咲说："走！"

关咲丢下四月站起来，幸灾乐祸地冲梁深晚笑了笑。

梁深晚悔得肠子都青了，再次印证关咲这个人是有多险恶。

趁着周湳浦还没上车，她走过去拉住他的胳膊。她害怕，害怕这一别再见无期。

但她无话可说，他们之间用他的话来说，只是救与被救的关系，她早已不是他的女朋友，好像也没有再次追求他的资格。

"周湳浦，好好活着。"良久，她只能说出这句话。

沙漠边缘的这个服务站真的很久没像今天这么热闹了。远处的黄沙在风过之后变了样子，他们之前走过的痕迹早就不见了。

小白杨的叶子在风中翻动，亮白亮白的。周湳浦站在白杨树下，精短的头发贴着头皮，眉眼间英气十足，眼神里除了有一贯的正气，今天再看好像黯然了许多。

他动了动喉结，这是他想说话而不能说的时候会表现出来的一种举动。最后他说："我会的。"

梁深晚又跟了两步："你没有什么要对我说的吗？"

周湳浦拉动车门的手一停，回头戏谑："到了县城就赶紧回去吧，好好做你的娇小姐，模特鲜肉老干部哪一个不比在这里吃苦潇洒快活。"

梁深晚没有怼回去，眼眶发红，周湳浦在她合眼之前跨上了车，关咲紧随其后。

关咲将她的单反相机和存钱罐从车里递给她，之后车子在砂砾中启动，发出了躁人的声响。梁深晚的心一空，他们的车子就驶出了眼界。

四月在车后追了很久，梁深晚嗓子发硬，鼻头通红，抱着两样东西站在原地一动不动过了好久，最终还是忍住了没哭。

关咲开着车面无表情地看了看倒车镜里的四月，以及站在四月身后的梁深晚，问："没跟她解释当年的事情？"

周湳浦看一眼关咲："你觉得，我会吗？"

关咲撇嘴一笑："谢了。"

周湳浦摇了摇头，关咲又说："其实你解释也没关系，都那么久，我不在乎了。再说你的调离不是马上就要下来了吗？"

周湳浦单手支着车窗："我让给左引了。"

"疯了吗？"关咲暴脾气来了，"他把自己的机会废掉了，你还给他擦屁股？"

他轻笑："他有老婆孩子，比我更需要。再说，你不是也还在？"

"我们不一样，你打算让梁深晚那个傻蛋一直等着？"

"这一次，不会让她再等了。"

“为什么？这么多年都等过去了。”

周湳浦叹了口气：“像我们这种人，连明天还能不能活着都保证不了，我让她等什么？”

关咲将目光从倒车镜那里收回来：“她还是傻。”

周湳浦垂眼，低头看了一眼手臂上的伤，又抬头看了一眼倒车镜，已经看不到身后的服务站了。

梁深晚坐上了吕品开来的车，封灼跟她挥手再见，四月卧在封灼的脚边一动不动。

吕品下了沙丘八卦：“开车先走的男人，和你什么关系啊？”

梁深晚靠在车窗上：“上辈子，是我的债主。”

“怎么这么说？”

“因为这辈子不管被他做什么，我都无可救药地喜欢他。”她无力地回。

吕品撇了撇嘴：“我有异议，那个男人挺关心你的。”

“他关心整个人类。”

吕品被她逗笑了：“再有一百公里，我们就到了，在此期间，你最后考虑考虑，要不要留下来。”

他还有一句没说出来的话。

那个男人警告他，梁深晚留下来支教可以，但要是敢对她动一点歪心思，他叫他试试看，他让他好自为之。

吕品看了一眼梁深晚无声咧嘴一笑，妈的，把老子想成什么人了。

第七章

DIQIZHANG

乱网

路程不久，天黑之前就到了。

封灼的服务站其实已经是在沙漠的边缘，车子开出十多公里，进入一片绿洲，之后经过了一座碎石山，县城就来到了眼前。

相对开阔的地界，一眼望过去城市绿化做得相对来讲还不错，没有很现代化的楼宇，整个县城看起来和华城比较发达的乡镇差不多。

在来的路上，梁深晚已经用吕品的车载充电器给手机充好了电。

手机上的信号标志开始有了微弱反应，尽管不强烈，不过好歹是可以跟外界联系了。

“你想清楚了吗？”吕品打了左转，拐进了城市主干线。

梁深晚心有他想，没有多余的脑容量去思考吕品的问题。

驶过县城的街心公园，梁深晚的手机开始振动，接着是一条又一条的短消息还有未接电话的提示。

她将右手的大拇指放在home键上，指纹认证通过，手机主界面上“信息”右上方的未读提示 99+，“电话”未接 99+，聊天软件上的未读提示同样是 99+。

她犹豫了一下，不知道该先点开哪一个。

吕品瞄了她一眼：“前面就是我们的大本营了。”

梁深晚象征性地看了一眼，三层小楼，房前有一条白色的围栏，围栏后面种着几株她叫不上来名字的植物。

她点开了电话栏。

梁家呈在那天联系到她之后便再也没有打来过。

——真的跟我解除父女关系了？

梁深晚心一凉，接着往上滑。

胡丹花倒是每天都打，不过打得不多。

——看来也是对我失望透顶了！

梁浅初，从时间线上看，他应该是手上腾得出空闲就在打。

——这世上大概只有梁浅初是真的在乎自己。

洛长白从始至终没有打过一个电话，凌安知倒是打过两个。

剩下的就是平时一起逛街、去美容院的朋友，大多数是打了一个电话，看没人接就放弃了。

比较意外的是之前拒绝了她的摄影作品的那个老师倒是给她打了好几个电话。

吕品将车开进院子，门口站了一个小朋友，身上穿着一件起了球看不出颜色的毛衣，裤子有些长得不合身。但长得却非常可爱，特别是那双眼睛，觉得似曾相识。长相没有一点异域或者少数民族的特点。

她没忍住，打开手机相机，构图、调焦“咔嚓”将男孩框进了画面里。

那孩子的眼睛……她自顾自地在心里嘀咕，他表情略微有些拘谨。

她看了看，最后觉得不妥，又删了。

“你的行李都在上面。”吕品指了指二楼，“如果没有想好的话，你可以再考虑一晚。明天有回华城的火车，也有去你支教的那个克什村的班车，错过的话都要再等三天。”

梁深晚点了点头：“谢谢，我知道了。”

吕品冲门口的小朋友招了招手，又回头对梁深晚说：“这个是我们房东的儿子，你有什么需要就跟他说。”

“那没事的话，我先上楼，回消息。”她扬了扬手上的手机。

“好。”

梁深晚上到二楼，见吕品开着车又出去了。她推开门，屋子很干燥，这大概是跟地域有关系。

靠墙的地方有一张饰纹鲜艳的木床，床下铺着好看的维族特色地毯，她的行李箱就放在地毯旁边。

她走过去坐在地毯上，重新将手机打开。

信息栏。没出意外，基本上都是梁浅初发来的。

——4 月 16 日，妹妹，事情暴露了，老妈居然闯进了你的闺房，我逼打成招，你好自为之吧。

——4 月 17 日，洛长白刚刚来了一趟，知道你逃婚，他居然面不改色地说那就改个日期。我的天，这个男人是不是吃秤砣长大的。

——4 月 17 日，我从内心里是支持你的，但老梁这一次好像真的很不开心哎。

——4 月 17 日，你的电话怎么打不通了？老梁派去接你的人跟你碰头了吗？你的订婚礼延迟于明天中午举行，老梁说，你要是不出现，他就不认你了。

——4 月 18 日，梁深晚，玩笑好像开大了，你在哪儿？接电话！

——4 月 18 日，老梁被你气得都不回家了，晚晚，你是不是遇到什么事了？

——4 月 18 日，晚晚，你再不接电话，我可要报警了。

……

梁深晚选中了梁浅初的号码拨了过去。

响了两声，对方就接起了。

梁深晚还没开口，对方就迫不及待地说："我不管你是谁，如果梁深晚在你手上，你要什么我都可以满足你，但请你一定要保证她的安全，否则的话我们就是倾家荡产也要你不得好死。"

倾家荡产要一个人不得好死，那他的死法想必一定会很惨。梁深晚心头一暖，嗓子发硬。她调整的呼吸，对着电话说：“哥，是我。”

“晚晚？”梁浅初不敢相信，“是你，真的是你？你还好吗？你现在在什么地方？你怎么都不跟家里联系？”

“我遇到了一点事儿。”

“什么事？严不严重，你现在好不好？我马上过去接你。”

“我挺好的，爸妈……”

“老梁就那脾气，说不想管你了，订婚礼之后我就没见到过他。老妈一直不表态，估计也是被你气得够呛。但你也知道他们都是刀子嘴豆腐心，你回来服个软就好了。”

梁深晚试探着又问：“洛家那边没有为难你们吧？”

“这个我倒没有留意。这个把星期，我光顾着担心你的事情了，洛家那边还真没上心。”

“我遇到了一个人。”她握着手机，思忖良久缓缓开口。

梁浅初意识到了不一般，问：“谁？”

“周湳浦。”

电话那边，沉默了许久。

“还有关咲。”

梁深晚其实并不知道该不该对他说，但心里总想找个人去发泄一下。

过了很久梁浅初才又问：“你们现在在一起？”

“没有，我们没有在一起。”

“那看来，你和洛长白的婚事不会有结果了。”

梁深晚嘱咐："这件事，你先别让爸妈知道。"

"所以，你现在应该是不会回来了对不对？"

梁深晚看了看门口，确定没有人才对梁浅初说："不知道为什么，我总觉得哪儿不对劲。"

"你不是在吓我吧，到底遇到了什么事？"梁浅初的语气有些惊慌。

"一两句话说不清楚。"

梁浅初语气急躁："那你赶紧回来。"

"我现在暂时不能回去。爸妈那边你帮忙安抚一下，还有洛家，我总觉得洛长白太过平静的反应不是什么好事。"

"家这边你就不要担心了，你自己好好保重，不行的话赶紧回来，听到没？"

梁深晚看了一眼门口，那个小男孩站在门边望着她。她低下头用手捂着话筒说："先不跟你说了。"

挂了电话，她招呼那个男孩进来，男孩手上端着一碗牛肉面递给她。

"给我的？"

男孩点了点头。

"谢谢。"

梁深晚将面放到桌子上，见那孩子还没有走，就问："你不是这里的人吧？"

"嗯。"

"会说普通话？"

“会。”

“真可爱。”她伸手捏了捏了那孩子的脸，目光却停留在那孩子的脖子上，“项链真漂亮。”

那孩子低头看了一眼马上把坠子藏进衣服里，并说：“我阿姨送给我的。”

“你阿姨？你爸妈呢？”

就这样跟那孩子唠起了家常。

那孩子虽然有些拘谨，但并不怕生，跟她说他其实并不是这个房东的孩子，只是一直跟着她长大而已，他没见过自己的爸爸妈妈。

“姐姐，”那孩子问，“华城好玩吗？”

梁深晚有些意外：“你怎么知道我是华城来的？”

“吕品哥哥说的，他还说以后会带我去华城呢。”

梁深晚还想再问些什么的时候，就听到吕品在楼下叫那孩子的名字，那孩子闻声一溜烟跑没了。

她现在没有胃口吃东西，起身准备去洗澡的时候凌安知的电话打进来了。

正好，梁深晚正要找她算账，她倒有自知之明。

电话接通，对方先开口：“我的祖宗啊，你终于接通了。”

“凌安知，你先不要跟我说话。我拿我们十几年的友谊问你，老实回答我，你对我做这些，良心不会痛吗？你知道我遭了什么罪吗？明明说好的只是一个乡村支教，你可好，大手一挥直接给我送新疆来了，你是不是故意的？”

“我的祖宗，当初是你自己说的能吃苦，我也不知道那一期的支教是怎么安排的，人员都是随机分配。”

“撒谎。”梁深晚坚定地给她定义，“凌安知，我们友尽了。”

“别啊，我可是想给你送锦旗来着的。”

“史上最蠢锦旗吗？你拿我当猴耍？”

“那也是最漂亮的母猴。”

“滚蛋。”

“不过，你说你遭罪了，是什么？”

梁深晚一顿：“电话里说不清楚。”

“不会是出门没戴护身符才会倒霉的吧？”

“是因为认识了你才会倒霉的。”

不过说到护身符，她的护身符因为凌安知拿去戴了一晚，她心里多少有些膈应。这次出门她没戴到脖子上，而是把线放长围到了腰间。

难道非要戴到脖子上才会有用？

思考间，凌安知嘿嘿一笑：“你捐赠的药已经收到了，没想到你爸爸那么大手笔，之后又捐赠了一批给我们，你说吧，锦旗上的字你想要什么？”

“凌安知一辈子单身、孤独终老之类的，写上吧。”

“晚晚，太恶毒了吧！”停顿一下，没等到梁深晚的回答，“既然不喜欢，那就赶紧回去，但我替非洲同胞感谢你是真的。”

梁深晚隔着电话瞪了她一眼，想到就算是把眼珠瞪出来她也不知道，就只好随意跟她寒暄：“已经到非洲了吗？”

“已经到了，我都挺好的。”

“那就好。”梁深晚想到凌安知那副看起来营养不良的身体，不免替她担心，“在外面要好好照顾自己，非洲那种地方比不得国内。要是有什么困难，或者受了委屈不要一个人担着，跟我说。不管是钱还是时间，你知道我最不缺了，要多少都行。”

梁深晚捏着手机，分明听到了电话那头咽口水的声音。沉默了一会儿之后，凌安知降低了声音的分贝，听起来格外温柔：“我知道了，你自己也要小心。”

梁深晚准备挂电话的时候，凌安知又慌忙地补充：“不然，你赶紧回去吧。”

“我的事，你就别多操心了。”梁深晚觉得很奇怪，要是搁以前，凌安知一定会出言戏弄自己，这会儿却又要自己回去，不像她的风格。

随后不久凌安知给她发了一张图片，是她和梁家呈的对话截图。

对话中梁家呈毫不吝啬地夸赞了凌安知年纪轻轻就有所作为，并且承诺再给她捐赠一批抗生素。

梁深晚笑了笑。梁家呈好像从来没有这么夸过她，每次提起她的名字他就能把眉毛皱得拧出水来。一时心血来潮，梁深晚点开了凌安知的微信头像进入到了她的朋友圈，坐标非洲某个地区，图片都是当地人。

翻了一下觉得无聊正准备丢开手机的时候，洛长白发来一条短信，内容很简单。他说：“晚晚，我有的是耐心。”

梁深晚打了个寒战，莫名的。

拨了梁家呈的电话，对方没接。她只好给他发了一个短信，报了个平安，并说了一些暂时不能回去的原因以及途中遇到的一些人和事。

胡丹花那边她不打算联系，反正梁浅初都会转达。心里一阵空虚，但她知道这空虚绝对不是来自梁家呈不接电话，而是心心念念了多少日夜的人，匆匆来过后又消失不见，就像是枯草爬上心头，种满了荒芜。

她不是一个会隐忍的人，低头看到口袋里周滴浦给她的对讲机，没出息地又红了眼眶。

梁深晚将桌子上的面端过去吃了两口，实在是吃不下，倒不是味道不好，是她心里太堵了。才不过半天不到的时间，她想就他已经快要想疯了。

她大概真的是中了周滴浦的毒，这毒在她体内，潜伏期一辈子，随时都会爆发，无药可治，又死不了。

曾经苦心追求过他三年，那三年可以说她几乎把一个女孩子该有的矜持全部丢完了。他从不正面回应她，甚至不知道拒绝过多少次她的表白，让她在大庭广众之下丢脸也是常有的事。

可那个时候，至少他一直在她身边，每天只要她想见，哪怕是穿过整整一座城，她也会见到他。

现在，周滴浦不属于她了，连明天都不属于。他像空气，你知道他在，就是抓不住。那种超出平常的情感折磨，让她痛苦不已。

梁浅初发来短信，问她什么时候回。

梁深晚仰着头将眼泪活生生地咽了回去，平复了心情，她低下头在手机屏幕上打下一行字，之后起身去了卫生间。她需要洗个澡，去去尘气。

小男孩上来收碗的时候，梁深晚的手机屏幕亮了，梁家呈回了短信。

去克什村的班车凌晨五点就到了楼下，吕品站在门口帮她把行李拿到车上。

四月底的气温略微比中旬高，但早上依旧寒凉。梁深晚穿了一件白色卫衣外面套了一件军绿色飞行夹克，裤子是黑色九分牛仔裤，裤脚是不规则的剪裁。有了之前的教训，这一次她穿了双帆布鞋。

吕品冲她招手，她正在绾头发。

“梁小姐，我就不送你过去了。你的另一个伙伴已经去克什村了，到站司机会提醒你，你别睡过头就行。”

梁深晚将耳边的头发撩到脑后：“我知道了。”

“不过，我挺意外，你为什么会留下来，我以为……”

梁深晚冲他微笑：“你就当我想为教育事业做贡献吧。”

这句话从她嘴巴里说出来有着言之不尽的违和感，她身上没有那种深明大义的气质，至少吕品看不出来，所以他才会奇怪。

非得要有一个理由的话，梁深晚是说不出来的。只是她凭直觉猜测，在她身上一定是发生了什么事情。周湳浦所在的军队并不是一般意义上的军队，他们的行踪和身份对外都是隐秘的。所以那天，他们在去封灼服务站途中遇到的人，绝对不可能是冲着周滳浦去的。至于他口中的那句“行踪泄露”的话，她完全无法相信。

那么，既然那些人是冲着自己来的，就算她逃到天涯海角他们想找到她也不会是什么难事。更何况，周滳浦替她挡下了那些麻烦，搞不好已经把麻烦招惹到他身上了。虽然她不确定还能不能再见到他，可是就这样一走了之也不是她在这段感情里会有的态度。

“哦，对了，你把这个证明拿着。”吕品递给她一张盖了红章的纸，“下面的村镇信息不发达，经济落后，人们的开化程度不高，以前又受过异族入侵伤害，现在的警惕性非常高，没这个的话，他们不会接受你的，一定要保管好。”

梁深晚将证明接过去折好放进外套口袋，之后就上了班车。

班车出了县城，梁深晚准备给梁浅初发个消息报告行踪，摸遍了全身以及背包只有周滳浦之前送她的对讲机在外套口袋里，手机却不见了。

她叹了口气，一路波折，这场经历已经无法用人在囧途来形容了，简直就是西天取经，没有个九九八十一难，只怕是见不到佛祖。

眼见窗外已经露白，班车驶离县城已经很久了。

吕品说这班车三天才会有一趟，因为人烟稀少，每天发车的话成本不保。

这个时候返回去，不一定能拿到手机，耽误了这趟班车又得等，再说县城的信号都那个鬼样子了，到下面的村镇手机多半也用不上。

想到这里，她放弃了折返的念头，头靠在后背上，闭上眼，在班车的摇摇晃晃中又睡着了……

“下车，下车！”她感觉有人在推搡她。

睁眼，太阳已经升得很高了。

站在她面前的人几乎是全副武装，戴着医用一次性口罩、一次性帽子，还有一次性罩衣。

样子好像是医生。

她莫名其妙：“请问是克什村到了吗？”

“请您下车配合检查。”

她环顾车厢，发现只有她一人还在车上，于是立马起身跟着那些人下了车。

车厢外，其他乘客两两三三地围成一团，嘴巴里说着什么她也听不懂，像是某一种少数民族的语言。

那医生模样的男人冲梁深晚招招手，梁深晚走了过去，不待她询问仔细，对方拆掉一次性针管连碘酒都不擦直接戳进了她左手的中指。

梁深晚“嗷”的一声叫了出来。

医生眉头一皱：“站到一边，等两分钟。”

人堆里有两个人说的是汉语，只听他们在谈论，前几天有一批中东的武装分子非法入境了，他们那边正在流行一种 TTSS 的热病，听说跟他们接触的人都会被传染……

梁深晚大脑一片空白。

这说的难道不是自己吗?

不会这么倒霉吧!

她低头看了看自己左手的中指，细长的指尖上还有未能擦干净的血迹，她眼一黑，“扑通”一声倒到了地上。

梁深晚读高三上学期期末的时候恰逢甲流，别的地方都还好，华城却特别严重，说病源就是从华城传播的。

学校为此将校园封闭，学生全部放假。

梁家呈更是明令禁止两个孩子外出，让陈阿姨严格监管。

梁浅初无所谓，但梁深晚哪里受得了。她刚巧那个时候知道周湳浦和关咲住在一起，别人近水楼台很有可能会先得月，她要是再坐视不管，那前两年的付出肯定得白费。

周湳浦从来就不是高冷的人，相反，用其他女生的话来说，还是个暖男，暖了一圈子的女生，偏巧看梁深晚各种不顺眼。

周末或者寒暑假如果不是梁深晚厚着脸皮去找他，他是绝对不会主动联系她，甚至连她打过去的电话都不会接。

可是那段时间，周湳浦居然破天荒地每天给梁深晚打一个电话。

流感接近尾声的一个晚上，周湳浦例行公事，梁深晚接起电话，对方却只是把电话通着，并不说话。

“阿湳，”梁深晚趴在小厅的地毯上，“我想见你。”

周湳浦完成了化学卷子上的最后一道题，才回复：“你从哪个信息里得知，你想见我，我就会给你见的？”

梁深晚的声音很脆生，但又不扎耳，她低低地笑了两声才说：“你别想骗我了，其实你也很喜欢我对不对，不然你为什么这段时间老是给我打电话，你肯定是关心我。”

周湳浦从书桌尽头拿过英语磁带塞进复读机，准备再跟她啰唆两句就开始做听力：“给你打电话是怕你不顾死活地跑来找我，你自己倒是无所谓，但你要中途把病毒携带过来传染给我怎么办。还有，你要是把你这点心思放在学习上，也不至于给年级垫底。”

“垫底怎么了，总要有人垫底对不对。再说了，我只不过是偏科，英语死都学不好……”

“数学死都学不好，文综死都学不好，除了语文是因为从小有汉语语感，勉强过得去，梁深晚，你还有什么是学得好的？”

梁深晚不好意思地笑了一下：“我也有特长的。”

摄影就是她的特长。为什么会有这个特长，用凌安知的话来说，大概是她为了能在各种艰苦的条件下拍出满意的周湳浦，长期锻炼出来的。

爱情的力量真是伟大！

“但是，我已经一周没见你了，再说现在流感都已经快过去了，阿湳，我去找你好不好？”

“不好。”

“你要是害怕的话，你就站在窗口，让我看你两眼行不？”

“不行！”

“阿湳……”

“你要是敢来，我就转学，搬家，出国也行。”

“……”梁深晚委屈地看了看手机屏幕，最后只得妥协，“不去就不去，我已经想你想得三天没吃饭了，大不了饿死，反正你也无所谓。”

“你知道我无所谓就好，所以别想用这个来威胁我。”

周湳浦挂了电话，把磁带从复读机里拿出来又放回了原位。

梁深晚沮丧地趴在地板上哀号，心里多少有些受挫。

半个小时后楼上的梁浅初从窗口给她吊了一盆蜡梅下来，花盆撞击她的窗子，她烦躁地从地板上爬起来，走过去推开窗子准备接住，却发现下雪了，雪地里站着的正是周湳浦。

他穿着黑色的羽绒服，脖子上围着她圣诞节的时候送他的她亲手织的白围巾。

站在她的窗外，后花园里的路灯下，他的眼睛像漆黑的深井，双手插在上衣口袋里，轻轻勾着嘴角抬头正望着她笑。

梁深晚推开窗子，寒冬腊月的风吹在脸上刺生生作痛，但她却觉得浑身暖热，眼前的飞雪不像是飞雪，倒像是春天里纷飞的花瓣。

就在那个晚上，她决定了这辈子要一直喜欢周湳浦，喜欢到喜欢不动了为止。

十指连心，所以指尖上的痛好像比别的地方更敏感。

但让梁深晚从昏迷中醒来的不是疼痛，而是一道剧烈的爆炸声。

她从甜美的梦中惊醒，睁眼翻身几乎是一气呵成。

并不是在医院，也没有被绑架，她孤零零一个人被丢在一间破旧的木房子里。

神啊，这又是什么情况。

方寸之间，木房子的缝隙里传来了一片火光，接着又有两声爆破从不远的地方传来。

她一哆嗦，赶紧跑到门口，但门被从外面锁死了。

“难道，我真的是被感染了，现在要被秘密处决？”她用力地敲门，“有没有人啊，放我出去，还有没有王法了！”

就算是被感染，也不能随意处决吧，这可是法制社会，大清早亡了呀！

梁深晚使劲推门，无奈力气有限，从木头缝里望出去，眼瞅着火势已经在往自己这边蔓延。

这间木房子，虽然破旧，但并未腐朽，她根本就找不到突破口，情急之下，她只能用身体去撞，电视剧里不都是这么演的嘛。

四面墙都被她撞了个遍，木房子里只是越来越热，并没有丝毫被撼动的征兆，她脱掉了外套丢在一边，继续去撞。

头顶上突然传来了“啪啪”的声音，她抬头一看，是火烧柴木的声音。

必定没错了，她想，被关进木房子，然后一把火烧干净，连骨头渣子都不剩，风一吹，再没有人知道自己是怎么死的，也不可能有机会把病毒传播出去了。

这肯定是被设计好的。

梁深晚自认为也算是个好人，从上小学开始，学校组织捐款，她哪一次不是捐得最多的那个，包括后来长大了，在街上遇到乞丐，明明已经给过钱了，后面别人换件衣服重新跑到她面前，她都会跟个冤大头一样痛痛快快地给钱。

除了读书的时候学习成绩不是那么好，梁深晚这个人，四平八稳的，真没有什么地方值得死于非命。

这火烧得还真是奇怪，头顶上都已经要烧秃噜了，四周还安然无恙。她想找个避难的地方都没有。

这种建筑和南方的悬梁木屋不同，它们没有梁，支撑力不大，梁深晚面临着屋顶随时坍塌的可能。

她开始慌了，继续用力地撞击墙面，右臂撞到麻木也不停，虽说横竖都是一死，可如果是这么个死法的话，那得多憋屈。不说自己憋屈，梁家呈肯定会觉得脸上无光，自己堂堂一家医药公司的老板，居然让得了病的女儿被火烧死。

火已经将她头顶上的木梁烧穿，她抬头看了一眼，马上就要被烧断的木梁，她的心里攀上了绝望。

要说这辈子最大的遗憾，可能就是没听过周湳浦说“我爱你”这句话，哪怕是骗她的，他也从未说过。

她不再挣扎，目光呆滞，甚至连哭都不会了，心里一下子被木木的物质填满。她第一次知道原来接近死亡的时候，器官做出的反应是这样的。

远处传来了枪声，她最近总是会听到的声音，所以已经熟稔了。

之后又有一个剧烈的爆炸，只是这个爆炸成了梁深晚此刻脆弱生死线上最后的一根稻草。

这根稻草落下，她的线也就要断了。

火噼里啪啦作响，火势沿着她身后的木墙向下蔓延，头顶上的木梁烧到了尽头，从中间断裂，呈“V”字形向她砸来。

梁深晚合上了双眼。

第八章
DIBAZHANG
迷雾

一阵炙热的旋风从她左侧刮来，电光石火间，只见一个黑色的身影冲过来，抱住她，一脚踹破了她右侧的木墙，她被拖了出去两人齐齐倒在地上，这一连串的动作没有丝毫停顿。

再抬眼，面前那栋木屋轰然倒塌在火光中。

梁深晚命不该死。

她惊魂未定地看了一眼倒塌的房屋，心跳像是在原野上自由奔腾的野马，早就脱离胸腔的束缚。

然后又像提线木偶一样机械地扭头去看那个救了自己的人。

只见那人浑身包裹在黑色的行头里，戴着黑色的头套，蒙着黑色的面罩，中间只露出了一双紧皱通红的眉眼。

梁深晚身体还在颤抖，但理智已经恢复得差不多了，她决定说点什么去感谢他。

那人将抱着她的手腾出了一只，拽下面罩，周湳浦英俊又深刻的一张脸便出现在了梁深晚的眼前。

她以为自己出现了幻觉，面临死亡时都没哭的她，此刻眼泪却夺眶而出。

梁深晚还来不及说什么，周湳浦就低下头狠狠地吻住了她，没有给她任何反抗的余地，他像是在宣泄或者表达着什么。

他的力气很大，大到梁深晚必须要张大嘴巴找个缝隙去呼吸，然而这个动作在他看来却变成了一种诱人的迎合，他丢掉了所有的理智钩住她嘴巴里四处游动的那片温软，像一个霸道的侵略者，这一刻她必须缴械投降，臣服在他的索取之中才能有活命的可能。

身后是火光一片，梁深晚浑身燥热，但周湳浦的吻里却有一种寒凉和绝望，接着他不再粗暴，又变得十分温柔。。

她攀附着他，想要加深两个人之间的亲昵，却在他欺身压过来的时候，突然想起自己身上还可能携带病毒的事实。

脑袋里好像有根弦，不合时宜地断了，她猛地推开他。

周湳浦红着眼再次凑近她，他的脑袋里已经满满的都是她，都是这个差点被自己害死的她。

梁深晚伸出胳膊挡在彼此之间。

他以为她是知道了事情的原由，低着头喑哑着嗓音说："对不起，阿深。"

梁深晚眼睛里的恐惧已经消退，她看着他说："不是，我不是那个意思，只是我身上携带者TTSS的病毒，如果跟你那啥的话，我会害你的。"

周湳浦："什么？"

"因为之前挟持我的人，他们来自中东，那里正在蔓延一种流行病。"梁深晚认真地解释。

周湳浦不在意地又凑近她，把她揽到怀中，下巴抵在她的头顶上，略带疲惫地说："要是你真的携带了病毒，现在避嫌，恐怕已经晚了吧。"

梁深晚不再挣扎，事情到了这一步，恐怕病毒携带也只是一个幌子了。她虽然没有顶尖的智商，但人又不傻。

她由他抱着自己，才在鬼门关捡回一条命，她这个时候浑身一点力气都没有了，靠在他的胸前，轻声问："你怎么会出现在这里？"

"出任务。"

"那还真的是好巧，阿湳，你又救了我一次。"

周湳浦无力地笑了笑，不等他再次开腔，有另外的三个人从他们身后的火光中跑了过来。

他们走近周湳浦，其中一个垂着眼睛对他说："对不住了。"

梁深晚还没有理解那个"对不住"是什么意思，就看到那人没收了周湳浦身上带着的武器，并且把他的双手拘到背后。

看过电视剧，或者有点脑子的都能明白这是什么意思。

梁深晚大惊，本能地上前制止：“你干什么？”

那人扭头回答她：“周滴浦涉嫌违反军规，现要带回去审查。”那人本可以不用向梁深晚解释。

“你胡说！”梁深晚上前制止，“阿滴怎么可能做这种事，他是什么样的人，你们不清楚吗？”

“没遇见你之前我们是清楚……”

“左引！”周滴浦打断了左引的话。

“得，当我啥话都没说。”左引将周滴浦拘起后又对梁深晚说，“梁小姐，你大概也需要配合一下了。”

梁深晚一愣。

周滴浦见状朝她走近对她微笑：“不要害怕，就是回答几个问题。”话说得极其轻松。

“你不是来出任务的，对不对？”

周滴浦没有回答。

尽管梁深晚现在有一肚子的疑惑想要弄清楚，但另外三个人并没有给她那个时间和机会。左引带着周滴浦上了一架直升机，梁深晚则由另外两个人带着上了另一架。

快要分开的时候，周滴浦对她说：“阿深，不要害怕。”

梁深晚站在登机口，那四月的晚风伴随着荒草焚烧的味道窜进她的鼻腔，她心中一顿，仿佛回到了很久以前，周滴浦跟她说，看在你这么执着的份上，那我们交往吧。

所以，后来，她说她的爱情从一开始就不带一点余地，像是春天里野蛮生长的野草，到了秋天，草木枯尽，如果你不想要了，那我就一把火烧掉。

荒草焚烧，她说是她爱情来了的味道。

没过很久。

两个人被带到了不同的地方，梁深晚下飞机后，并不见周湳浦。

她问那两个人："阿湳，我是说周湳浦他去什么地方了？"

其中一个看了看四周，悄悄对她说："我们周队可能要有麻烦了，你等一下一定要好好配合。"

"什么麻烦？怎么配合？"梁深晚问。

不等那人再次回复，从屋内出来了一个和他们装扮差不多的人，三人行了军礼，梁深晚便被那人带了进去。

路上，梁深晚想问他一些问题，但那人摆出一副我不是吃你们人间粮食长大的你不要跟我说话的表情，让梁深晚把想问的话又咽了下去。

房屋的构造梁深晚看不出有什么特别之处，如果非要说个不同的话，那就是比较荒废，并不像经常使用的样子。

实际上，这里是一个军用中转站，专供作战时使用，屋内陈设齐全，平时会派兵把守，但基本上处于闲置状态。

快到门口的时候，梁深晚还是没忍住，戳了戳那人的胳膊问："那个，不好意思啊，我想知道我为什么会来这里。"

那人果然没有理会她，只是帮她把门打开后，以一个非常标准的站姿站在门边。梁深晚吓得轻轻后退了一下。

坐在屋内的人冲她微笑了一下，示意她进去。

梁深晚刚走进房内，那人便开了口："梁小姐不要太紧张了，我们就是跟您做个调查，您如实回答就行了。"

"请问，您是什么单位的？"梁深晚虽然没有见过这种阵势，但心里还是有谱，她清楚并不是什么单位都可以随便召唤并审问人。

那人双手一摊，从胸前的口袋里掏出了一张军官证。

梁深晚对军衔没有太多的了解，只是看到了那证件上有一个和周湳浦衣服上一样的飞鹰标志后便不再多问。

"那么好了，请梁小姐告诉我，您来新疆的目的是什么？"

"支教。"她回答。

"是谁让你来的？"

"是我自己要来的。"

"原因？"

"个人原因。"她又觉得这样回答不太妥，"我是说，这个原因比较私人，我不方便回答您。"

"梁小姐来支教，身上什么行李都没带吗？"那人抬头看了看一身狼狈的梁深晚。

梁深晚双手合十放在桌子底下："我带了行李过来，但是现在，或许还在那辆班车上，也有可能被烧了，我不清楚，总之不见了。"

“行李里面有什么？”

“一些换洗的衣服，还有日常用品。”

“您再想想，还有没有其他的，比如说贵重物品？”

梁深晚想了想说：“我的东西，都很贵。”

那人勾起嘴角浅笑了一下，又问：“梁小姐来这里都见了什么人？”

“来自中东的一些……恐怖分子？”她不确定应该怎么称呼那些人，“然后就是周湳浦和关咲，他们是我的高中同学，之后是封灼，还有就是我的支教团队负责人，吕品。”

“那些中东的人，你之前见过吗？”

“当然没有。我这也是第一次在现实中见到中东的人。”

那人在笔记本上写下她的回答后，又问：“梁小姐家里是做制药生意的没错吧。”

“是的。”

“在您来新疆之前，您的父亲是不是有向某个民间公益组织捐赠过一批抗生素？”

“没错。”

“具体数量，您清楚吗？”

“这个，我不知道。”

“捐赠是以您的名义去捐赠的，您不清楚？”

“我真的不知道。”她甚至不知道梁家呈是以她的名义捐赠的。

那人稍微停顿了下，又问：“梁小姐和周湳浦是什么时候认识的？”

“2007 年。”

“你们目前是什么关系？”

梁深晚想到进来之前，那人交代她的话，脑袋稍微转了下回：“我们有很多年没见过了，现在没有关系。”

那人点了点头：“从我们得知的情况来看，梁小姐本应在 18 号到达你支教的地方，为什么 17 号会提前中途下车？”

“我高估了自己的承受能力，看到支教的地方太荒凉，我放弃了，下车是准备返回华城。”

“这个不难理解，”那人瞅了梁深晚一眼，“但是，为什么会上中东人的车？”

“我是被挟持的。”

“您说，您是被挟持的？”

“是，我身上现在还有伤，您需要验证一下吗？”

那人摆了摆手：“好，请您解释一下，既然您说您的承受能力不大，中途都想逃跑了，那为什么在去到县城之后有机会回华城了却又坐上了去克什村的班车？”

梁深晚有些紧张，她忽然想到在外面的时候那人交代的话，说周湳浦有麻烦了。这个人这么问，她该怎么回答，如实回答吗？说周湳浦帮她挡了危险，她担心他引火上身所以留下来的？

但是周湳浦帮她挡的那些麻烦会不会是他违反军规的直接证据？

如果是的话，她自然是不能说实话。但如果周湳浦是因为其他原因违反了军规，而替她挡了麻烦恰好只是为了帮助人质，说出来正好又能佐证他的人品，那就应该说出来啊。

她陷入了艰难的思考当中。

那人大概是看出了梁深晚的为难，只好丢给她一张照片说：“这是刚才境外武装走私交易的现场图。”

梁深晚看了一眼，蒙了，但她还是不失礼貌地笑着说：“我不是很懂您的意思。”

那人将一些照片丢在梁深晚的面前：“从照片上来看的话，梁小姐貌似是参与者之一。”

梁深晚不可思议地看了一眼照片，照片上的确有一个女人坐在方桌上，身影衣着和她都很像，或者说可能就是她。

见鬼了吗？她明明从巴士上下来之后就昏迷了，醒来后就在那间被火包围着的房间里了，那个人怎么可能是她？

“那个人不是我。那个时间里我昏迷了，我不可能会清醒地坐在那个地方。”梁深晚解释，“还有，我想知道，那个走私的交易是什么交易。”

“我们在大火里面找到了这个。”那人将一个烧坏的对讲机放到梁深晚面前，不回答她的提问，“在那个时间里，梁小姐给我们的周中尉发送过信号。”

“这个难道不是随便谁都可以拿着它发送吗？”

“但是据我们所知，你们之间的对讲频道只有彼此知道。”

梁深晚大脑一团乱麻，但她意识还是清楚的，顺着自己残存的思路回答："如果真的有人想要陷害我，破译这个应该不难吧？而且，我醒来的时候并不在您说的那个房间里，我四周都是火，甚至这有可能是灭口之举，如果我真的是参与者，那么这怎么解释？"

"梁小姐所提到的也正是我们的疑惑之处。"那人起身，"感谢您的配合，我相信以您和我们周中尉的关系，您不可能对我们撒谎。"

梁深晚意犹未尽："这就完了？"

"暂时，我们只需要知道这些。"

"那个，"梁深晚也站了起来，"我和你们周中尉没有任何关系，如果是他做了什么事情让你们误会了他和我的关系，我在这里澄清一下，我们只是救与被救的关系。如果他做了什么让你们觉得误会的事情，我也要澄清一下，他的所作所为里绝对不含任何私人情感，请你们相信他对你们组织还有国家的忠诚。"梁深晚不知道说这些有没有用，可她能做的也仅仅只有这些而已。

那人笑了笑，并没有说其他话，只是做了个手势请梁深晚出去。

梁深晚心里一沉，一种难以言说的情绪涌上了心头。

出了审讯室，之前送她过来的两个人还站在门外等候，见梁深晚出来便迎了上去。

还没等那两个人开口，梁深晚就问："阿湳他，不，我的意思是周湳浦，你们周中尉他现在在什么地方？"

"我们也不清楚。"

“那你们知道他到底是犯了什么军规吗？”

“这个要等最终判决，现在不好说。”

“他犯军规是不是和我有关？”

那个人犹豫了，另外一个接上话：“他是一个军人，自己的行为自己的负责，和旁人无关。”

意识到她是铁定不会从他们口中得到什么消息之后，她决定放弃。

“梁小姐，您接下来要去什么地方，我们可以想办法让您过去。”

借着朦胧的月色，梁深晚看了一眼四周。她是坐直升机来的，虽然没飞很久但想必已经不在之前的地界了。她只记得吕品告诉她，她支教的地方叫克什村，其他的一无所知。

“克什村，我本来是要去克什村支教。但在此之前，我要见周湳浦，否则我哪儿都不会去。”她坚定地说。

那俩人略为难：“梁小姐，您知道这不可能。”

梁深晚抬起头，搭在肩上的头发顺着肩膀垂到了背后：“是怕我泄露你们的什么秘密吗？我已经知道得够多了，如果你们不答应我的要求，我这个人啊，情绪来了的时候连我自己都害怕呢！”

“我叫于丁宝，他是宋西西，我们是周队的人。”其中一个人向梁深晚伸出了手，“老大说得不错，梁小姐果然可爱。”

可爱？梁深晚觉得不可思议，什么关头了，他居然还会开玩笑。

梁深晚面色不改，对于丁宝说：“我没有跟你们开玩笑。”

越是这么急着解释和澄清，她的样子就越显得娇俏可爱。

宋西西绕过于丁宝，来到梁深晚面前说：“你应该相信我们老大，那么多大风大浪他都过来了，这点状况对他来说不在话下。你就安安心心地去做自己的事情。”

不等梁深晚回复，他又补充：“何况，你和我们老大已经没有关系了，梁小姐刚才在里面受审的时候应该也是这么说的，对吧。”

梁深晚噎住了，她接不上话，但至少她敢确定刚才说的话没有说错。

转了一圈，她发现自己好像又回到了刚来时的状态。这时她想起了以前看过的一部恐怖电影，叫《恐怖游轮》。女主死后因为欺骗了死神，受到了死神的惩罚，让她一遍一遍地经受轮回折磨。

她从进入了这荒蛮之地，所有的经历放大了去看难道不正是在经历某种轮回吗?

而这个轮回全部和周湔浦有关，说不定，眼前的这一切仅仅只是她的一个幻觉。所有的事件其实都不存在，她怎么可能那么巧合地在逃婚之后立马就遇到了多年未见的周湔浦，并且每一个生死攸关的时刻他都能不早不晚地出现。

这太扯了!

她一定也是受到了惩罚——因为逃婚!

梁深晚想得有些恍惚，再回头，宋西西已经开来了一辆车到她面前。

宋西西说：“周队在什么地方我们不清楚，克什村的话我们也不能送你直接过去，这辆车给你。”

梁深晚问：“我开走，怎么还给你们？”

“我们自然有办法取回。”

梁深晚试探地问：“你们不是一般的军种对吧？”

宋西西将车钥匙递给她：“梁小姐不是都知道嘛，还问我们？”

梁深晚大囧，接过车钥匙有点无所适从。她确实需要一辆车，但她不想就这么走了。

于丁宝劝她：“你跟我们周队……有缘一定会再见的。至于周队的处境，这心梁小姐你操不了。”

“我只是……”

宋西西看了看腕上表：“梁小姐只要好好的，我们周队就万事大吉。车上有导航，梁小姐上路吧。”

于丁宝和宋西西上了直升机，梁深晚站在原地抬头看他们离去，直到再也看不见才回神。

导航上的时间是凌晨两点。

月色依旧朦胧，天空灰暗无星。

于丁宝他们虽然没有把话说得太直白，但结合之前所想所遇，她确定一定是自己是做了什么事牵连了周湳浦。

她想她得按照原计划去克什村，不管是军队还是中东那边的人，如果她真的被扯到什么事情当中了，那么现在肯定还没完。

明知山有虎偏向虎山行，这种行为即便是蠢不可及她也必须去做，否则周湳浦一定脱不开身，直觉就是这么告诉她的。

导航上显示距离克什村大概两百公里，路况不好，按照时速七十公里来算，她大概开三个多小时，如果不出意外，天亮之前就能达到。

但她现在太过疲惫，所以她只是将车开离这个审讯过她的地方，之后调整了座椅，靠在椅背上刚闭眼，凶猛的倦意就朝她袭来。

天微亮，雨打车顶，梁深晚蹙眉，发动车子打开导航，刚过七点。

这个时候她抬头看了一眼四周的地势，她处在一个河谷相对比较开阔的地方，前方是一个峡谷，峡谷两边是红色的崖石，高耸如云倒说不上，但那崖石看起来却很险峻，好像风一吹就会断裂。

河谷两边是银色的砾石，岸上有一些低矮的植被，河水清澈见底。

她发动车子，穿过狭窄的峡谷，眼前的视野相对开阔起来，但地形没变，还是在峡谷当中。

导航上显示三四十公里开外的地方有一个集镇，她踩了一脚油门，加速前进。

半小时后，小镇出现在她眼前。

小镇建在峡谷上，不同前面光秃秃的崖石，小镇的植被覆盖率很高，建筑风格和中东有些相似。

白色的小楼映在绿色的植被中，中间是一条穿峡而过的河流，山崖前杏花开得正好。

忽略掉压在心头阴云，她需要下车吃个早餐。

她走进了一家面馆，要了一碗牛肉面，吃了两口忽然想起身上没有带钱。

不去谈面的味道如何，这刚刚还温暖了她胃的面突然变得狰狞可怕起来，她勉强将吸在嘴里的面咽进肚里，就再也吃不进了。

眼珠随着老板的身影转了两圈，她发现这家店的生意很好，如果趁机溜票的话，也许老板发现不了。

这么想着，她轻轻地起身装作去跟另一桌上的人打招呼，然后从一桌移到另一桌。就在她已经成功地移动到门口的时候，老板一晃堵在了门口，瞬间，她只觉得一阵头皮发麻。

老板笑着跟她说了什么，她听不懂，但凭借着生活常识，她想肯定在问她怎么结账之类的。

梁深晚一边比画着一边解说自己现在身上没有带钱，但以后如果再来的话一定还上。

老板笑着指了指梁深晚停在他门口的车，梁深晚以为对方是想要她的车，她连忙摆了摆手说："这车不是我的，而且吃你一碗面也用不着要一辆车来抵押吧，做人不能太贪心。"

"姑娘，"有人在她身后拍了拍，"老板是说你的车是不是需要洗一下，上面沾满了泥。"

梁深晚刚一扭头，对方就兴奋地问："您是梁总的女儿吧？"

梁深晚疑惑，那人掏出梁深晚的照片解释："可算是找到您了。梁总派我们把您送回去，结果没跟您碰上，打听知道您在这一带支教，我一路追下来，没找着您，我都已经打算无功而返了，没想到在这里遇见了您。”

梁深晚杵在那儿，脑袋里一片爆炸——天底下的巧事要是都让我遇到了，那当初怎么不是让我和周滳浦考同一所大学的？骗子如今都是这么低智商低手段了吗……

那人似乎领略了她的意思，立马将梁家呈跟他通话的记录还有能证明自己身份的东西拿出来给她看。

“梁小姐，虽然我现在跟梁先生暂时联系不上了，不过我还是会按照梁先生的要求把您送回华城的。”

“别别。”梁深晚拒绝，“我现在还不能回去，我有重要的事情要去做。”

那人疑惑：“您是说支教吗？那种事情让谁去做都行，也不差您一个啊。”

梁深晚摆了摆手：“是不是支教的事，都和你无关。”

“梁小姐说的是，既然都跟我无关，那么无论如何，请您跟我回去。”

那男人似乎油盐不进，梁深晚见状不再跟他废话，自顾自地走出了面馆。在刚踏进街面的时候，面馆的老板带着一众人围了上来，面色已经没有之前的亲切了。

梁深晚回头，那人笑眯眯地站在她身后：“除非您答应跟我回去。”

“我如果不答应呢？”

“梁小姐可能不知道在这个地方吃霸王餐的后果。”

梁深晚握了握拳头抿着嘴将心里的愤怒强压下来。

那人见她示弱，叽里呱啦地跟老板说了一些话，又掏出纸币递给老板，梁深晚这才得以自由。

“梁小姐，我来找您的时候车子在半道上抛锚了，所以，接下来大概我要开您的这辆车了。”

梁深晚白了他一眼后坐到了后排。

那人上车后摆弄了一下方向盘，嘀咕：“这车是改装过的吧，不像是一般人能开的啊，梁小姐是从什么地方得来的？”

梁深晚给了他一个眼神要他自己体会。那人倒也识趣，启动了车子，不一会儿就出了小镇。

老实说，她怪不了那人，如果他真的是梁家呈派来的人，他必定会用强硬的手段以达到目的。

梁家呈的做派向来如此，想必他手下的人也差不到哪里去。

第九章

DIJIUZHANG

入村

梁深晚不是什么胸怀天下之人，她所关心的只有周湳浦。所以事情没有搞清楚前，她不可能就此作罢回华城。

好在那人开车的方向和梁深晚原本要去的克什村一致，她想找个机会逃走。他有些小聪明，但跟从小鬼点子巨多的梁深晚比起来还是小巫见大巫。

走出了河谷，两人来到了一个相对平坦的地方，红土平地土质看起来比较松软，还有一些矮小的植被。

梁深晚昨夜没睡好，那人开车的过程中她乐得清闲，躺在后座上就睡着了。

过了平地有座小山丘，下了山丘无垠的戈壁又出现在了眼前。

那人扭头跟梁深晚嘱咐："梁小姐，这种地势的话，您最好不要躺着，我担心会把您颠起来，那样……"

我靠！那人心里一惊，后排上哪儿还有梁深晚的影子，但车窗紧闭，难不成她会遁地术？

那人将车停稳，还真的起身翻了翻后排的座椅，根本就没有一丝破绽。他仔细思索一路上所经过的地方、遇到的人，唯一能让梁深晚逃走的，大概就是过平地上山丘的时候有一辆拉着化肥的三轮车跟他们狭路相逢，为了避免刮擦，他停下让了路。

可那不到一分钟的时间里，梁深晚到底是怎么做到的？

管不了那么多，收人钱财送梁深晚回华城是他必须要做的事情。那人掉转车头猛踩油门追了回去。

梁深晚确实是在他那次停车的瞬间溜走的，怪就怪那个时候那人为了显摆自己会少数民族语，还伸出头跟三轮车的车主闲聊了两句。

梁深晚就是在那个空当悄悄溜下车的。

但她知道那人迟早要发现她已不在车内，追上来也不会花费很长的时间，好在那个拉化肥的车主在她跳车之后停车找了个树丛去方便。梁深晚趁机跳上车厢，趴在化肥袋上被拉走了。

化肥刺鼻的味道熏得她几欲眩晕，但没过多久拉化肥的车主拐进了一个村子之后就停了。

梁深晚下车举目四望，自己仿佛是掉进了宇宙当中，有一种在太空里飘荡的茫然和不真实感。

一周以前，她还在华城，过着锦衣玉食的生活；而现在，她低头看了看自己狼狈的模样，得出的结论也只有不作就不会死。

跑遍村子好不容易找到一个略懂汉语的村民问了自己大概的方位，得知距离克什村只有五十公里。可如果要去的话，并不是一件容易的事情，这附近没有直达的班车，更何况要坐班车还必须回早上她吃面的那个小镇。

好不容易逃走的，她会再回去？当然不会，更何况现在的她一穷二白，坐牛车都坐不起了还班车。

害怕那个人会追过来，想到此地不宜久留，梁深晚道谢之后决定上路碰碰运气。

临近中午，她身上的那件卫衣变得有些厚实，炽热的太阳无遮无拦地炙烤大地，她热得有点眼花，眼前还是一片红土地，单调的色彩让她确定不了自己是不是走错了方向。

她漫无目的地奔走，绝望地拐过一道沟壑，眼前居然出现了一个村落。

山穷水复疑无路，柳暗花明又一村。梁深晚在心底深深地赞叹咱国家诗人绝妙的比喻和撰写，她现在激动得恨不得跪下来亲吻大地。

这个村子的房屋相比前面那个要更集中一些，最重要的是，这里有卖餐点的。早就饥肠辘辘的梁深晚对着面前架着的大铁锅里的食物流口水。但她还记得早上那个人跟她说过，在这个地方吃霸王餐的后果很严重。她不相信自己那么好运，还能遇到一个愿意为她付账的人。

她咬了咬牙，离开了。

这时的太阳已经当头照晒，饥饿和疲惫折磨得她虚汗直流，再走两步就开始眼冒金星。她告诉自己一定不能倒下，要是倒在了这种地方，那就真的完蛋了。

村子的尽头有一棵低矮的树，树下围了一堆人，她踉跄着朝那个方向走去，人生地不熟什么的顾不上了，她现在只一门心思要到树荫下乘乘凉。

却没想到在人群里看到了周湳浦。

“真是热疯了！”她摇摇头，“他怎么可能会出现在这种地方。”

但更疯的却在后面，那个人居然起身朝她走来。

梁深晚揉了揉眼睛，再三确认后心底里那点思潮才开始涌动。

她呆呆地站在原地一动不动，她看着他离自己越来越近，她在心里祈祷，让神仙保佑那个人一定是周湳浦而不是她的幻觉。

这一次，她如愿了。

这个相遇，已经足够让她原谅之前经历的所有磨难。

她不问原因，冲上去就抱住了他，确定那是周湳浦之后才略略松了口气。

周湳浦没动，甚至没有回抱她。

“抱够了？”

她摇头：“没有。”

“那你要抱多久？”

“周湳浦，”她抬头对视他的眼睛，“你这又算什么？”

“什么算什么？”

“我们不是已经和好了吗？”

“什么时候的事？”

“昨天晚上，火灾……”

“看来是我的情不自禁让你误会了。”他哑笑。

梁深晚松开了他：“情不自禁？那现在呢？追着我来到这个地方，难道是我隔着几十公里让你又控制不住自己了？”

“不是。”

“那是什么？”

“巧合。”

自从踏上了来这里的路途，梁深晚就在各种看似只是巧合的巧合中经历种种奇葩的事，现在的她听到“巧合”两个字，就条件反应地想要反驳："周湳浦，你当我是三岁小孩吗？我被挟持的时候你去救我你说是巧合我信了。我被困在大火里差点被烧死，你说这是巧合，好，我也信。但是能在这种偏僻的村落相遇，你还跟我说是巧合，你是在欺骗自己还是在侮辱我的智商？"

周湳浦将拿在手上的衬衣搭到肩上，笑着对她说："第一次真的是巧合，第二次不是，但这一次真的是。"

经他那么一提醒，梁深晚才想起自己的重点："你昨天晚上为什么会出现？还有你到底是违反了什么军规，你为什么会违反军规，你的处分结果是什么，不是说违反了军规吗？"

周湳浦指了指他们旁边的小饭馆："你不饿吗，先吃点东西再说。"

梁深晚真的是饿坏了，吃饭的过程中根本就腾不出一点时间去跟周湳浦说话。周湳浦只是坐在她的对面，看着她，中间还帮她把散在眼前的头发撩到耳后。

她吃得差不多了才抬起头，周湳浦支着下巴看她看得出神。

"好看吗？"

周湳浦摇了摇头："比不上以前。"

梁深晚冷哼一声又问："你可以说了吗？"

"说什么？"

"跟我装傻？刚才的问题！"

他看着她笑："忘了你提过什么。"

“好，那我再问一遍，昨天晚上，你为什么会出现。”

“为了救你。”

“你怎么会知道我在那里？”

“你呼叫我了。”

“撒谎！我昏迷着怎么可能呼叫你。就算真的呼叫你了，隔得那么远，少说也有几百公里，你接收得到？”

“当时我就在你附近。”

“做什么？”

“这个问题超出了你可以知道的范围。”

涉及他的工作，她就吃瘪，知道问不出来就不再深究，转而又问：“那你违反了什么军规？”

“无组织无纪律。”

“具体？”

“你不需要知道。”

梁深晚有点抓狂，但想到他从以前就是这样，也不是初次认识，作罢，下一个问题：“你为什么会违反军规？”

“因为无组织无纪律。”

这个问题，她必然是无法知道了，如果他不想说的话。让她坐立难安，心中愧疚不已的是另外一个，她腔调软了下去试探着问：“所以你的处分结果是？”

“戴罪立功啊。”他说得云淡风轻。

梁深晚眉头一皱：“怎么立功？”

“这个你暂时不能知道。”

“好，”她放弃，“那我总能知道你受处分是不是跟我有关吧？”

“和你无关。”

“撒谎！是之前那些人吧？那些人是去找我的对不对？你和他们交手的过程中一定知道了什么，我没猜错吧？周湳浦你不需要为了不让我感觉愧疚就独自承担，我可以和你并肩的。那个人可以是关咲，为什么就不能是我？”她抬着头，眼睛直直地盯着他，深色的瞳孔里有周湳浦的影子。

“和关咲无关。”

很好，成功错开了话题。

“你会不会被开除军籍之类的，我看电视上都是这么演的。”

周湳浦忍不住扑哧笑出声：“以前就让你少看点电视剧了。”他起身双手跨过桌子撑到梁深晚面前。梁深晚脸一红，心跳加快，做好了接受他的情难自禁。他却轻笑，接着伸手擦掉她嘴角沾着的饭粒，“如果真的是那样，不是挺好嘛，以后就自由了！”

他说得轻巧，梁深晚的心里却像翻江倒海一样汹涌，她腾地站了起来，和他面对面。

“周湳浦，”她正色道，“我是认真的。”

梁深晚见他又想忽悠，立马起身绕到他面前：“是什么任务？还有那个走私交易对不对，我能帮上你什么？”

他不回，而是凑到她面前低声问：“你身上带钱了吗？”

梁深晚睁圆了眼睛冲他摇头，周湳浦略为难地说：“那，准备好跑了吗？”

“你说什么？”

梁深晚还没有反应过来，周湳浦一把拉上她，两个人就冲出了小店，无尽漫长的红土地又出现在了他们的面前。

身后传来了店家大喊的声音，周湳浦的手干燥又有力，她跟在他的身后被他拉着，两人狂奔着掀起脚下的红土，形成了一层微微的红雾，远远看去就像有人踩着红色的烟霞，随时都会腾升。

确定不会有人追上来了，两人才停下，梁深晚喘着粗气感觉下一秒就要扎进土里，周湳浦却像没事的人一样由她抓着他的胳膊拼命换气。

“你你……你老实说，你是不是……是……是不是……在这……在这里故意，故意等我的？”她弯着腰抬起头，依然执着于这个问题。

“不是。”

“那……那你……那你在这里做什么？”

“去班克尔镇，这里是必经之路。”

“班克尔镇？是不是建在峡谷上的那个？”

“大概是的吧。”

“你去那里做什么？”

“坐车。”

“坐车去哪儿？”

“去找你。”

听到这个，梁深晚立马直起身子，尽管还有一肚子的疑惑，但小兴奋的情绪还是挂到了脸上：“周滳浦，绕来绕去，承认心里有我就让你那么放不下面子吗？”

周滳浦笑着说：“比起这个，你不应该更关心怎么去克什村吗？”

梁深晚这会儿倒不傻了，走近周滳浦也不管他同不同意就将手伸进他的裤子口袋里摸：“我就不信你一个想去班克尔镇坐车的人身上会没有带钱。”

尽管隔着一层布料，梁深晚的手触碰到周滳浦的大腿后还是让他瞬间崩溃。几乎是电光石火间，周滳浦一把将梁深晚的手从他口袋里抽了出来，抓着她的手腕问：“你这是在勾引我？”

梁深晚冤枉，她纯情地回：“你这么说我就不懂了。”

周滳浦冷哼一声：“不是说有过很多男人嘛，这都不懂？”

梁深晚低头看了一眼已经有了反应的周滳浦，她脸一红，无措了。想她活到这把岁数除了曾经和他有过一次没能成功的经历，说到底在这种事情上她没有经验。

为了不表现得太过明显，她强撑着，底气十足地站到他面前，伸出手抱住他的脖子直视他："我勾引的，那我负责。"

周湳浦没敢动,却也没有力气去推开她,老实说,他的确非常渴望她。

那个瞬间不能再延续更久，周湳浦到底还是让理智给战胜，他转身向朝他们正开来的一辆三轮车挥手。梁深晚看他走了过去，跟那个司机说了几句话，然后又招手让她过去。

三轮车上放着一些农具，两个人找了个位置坐了上去。梁深晚问周湳浦："这车能带我们去什么地方？"

"走一段是一段吧。"

"你还没有回答我。"

"你总是让我回答你，"周湳浦扭头看着她说，"梁深晚，你有没有想过，其实对我不必有这么深的执念。"

"那你去班克尔镇坐车找我做什么？有执念的只有我一个人？还是说，真的出了什么事？"

周湳浦顺着车厢靠了过去,阳光照在他健康的肤色上泛着微微的光,他半睁着眼睛看向她说："去克什村找你只是确定你是否安全。"

"以什么身份，为什么？"这才是重点。

"作为军人，确认人质的安全是职责。"

她有些怨念："那现在呢？已经确认我是安全的了，你还跟着我做什么？"

“作为故人，再送你一程。”

“只是这样？”她知道他没说真话，可她逼迫不了他。

“嗯。”

“你怎么就确定我还想去克什村？”

“你一无所有，身无分文，除了去克什村找你支教的伙伴，还有别的选择吗？”

没有！至少找他是没用的，她试过了。

她的行李已经在第二次挟持中彻彻底底地丢了，证件、金钱、手机、相机，包括那一堆乱七八糟限量款的衣服鞋子统统都没有了。

他说得对，除了去克什村她没有别的选择，至少也要先去克什村，之后再想别的办法。

但是周湳浦呢，她对他其实已经一无所知了，从认识到现在十余年的时间。前三年她追逐着他，在一起半年多，往后所有的时间她都活在深刻的伤痛之中，她没表现出来，但不能忽略她的那份心情。

“那你呢，送我到了克什村，还要做什么？”

周湳浦双臂架在车厢上，伸长了双腿，选了一个舒服的姿势仰着头，说：“我自然有我的打算。”

梁深晚不再说话，她学着周湳浦的样子靠在了车厢的另一边，仰着头，感受着四周万籁俱寂，呼呼的热风，还有他似笑非笑的表情。

她心里清楚，他不是为了叙旧情或者真的像他说的那样作为故人送她一程。他一定是在完成什么任务，戴罪立功不过是一种说辞，她不笨猜得出来。

但她不想打破砂锅问到底，也不是不想，而是想也没用，索性装傻算了。

就算前路凶险布满荆棘，就算他有一万句真话没对她说，就算她知道的全是假的，这一刻忘了你是谁，你要做什么，陪你一程是一程，其他的都无所谓了，她想。

中途辗转蹭了几次别的交通工具，两人在下午赶到了克什村。

村子建在盆地里，四周是光秃秃的黄沙山，有水泥路通向各家各户。房屋的建造风格和梁深晚之前去过的班克尔镇一样，只不过，这里的房子全部是用泥土垒砌而成的，差不多的房子造型门前种着差不多的树。

梁深晚跟在周滳浦的身后，一走进这村子，她的感觉就不好。

有几个小孩贴着墙站，睁着乌溜溜的大眼睛盯着她看。他们穿着深色条纹的马甲，里面是磨得起了球的毛衣，脚上的鞋子已经看不出原来的颜色和花纹。

周滳浦蹲到其中一个年级稍大的孩子面前用维语跟他交流，两人之间的气氛很快就变得十分友好，好像已经达成了某种愉快的交流境界。

梁深晚对周滳浦的崇拜感立马恢复到读书的时候。

周滳浦和那孩子交谈完走过来对她说：“他说，学校在村口。”

梁深晚皱了皱眉问：“这里的孩子都不会讲汉语吗？”

“这是个维族村落，以维语为主，因为不是发达的地方，所以不出意外的话应该还没有施行双语教育。”

“不会吧！”梁深晚蒙了，“可我不会维语啊。”

周湳浦走在前面跟她带路，听她这么说叹了口气：“没关系，反正他们也不会汉语。”

“不然你留下来跟我一起教书得了，两年后我带你回家。”

“嗯？”他不明白她后面那句话的意思。

“我养你啊。”

周湳浦饶有兴趣地回过头看了她一眼，不是开玩笑的表情，这话梁深晚说过很多次。她以前喜欢在他上晚自习的时候跑到他的班上挤走他的同桌，然后在他身边捣乱。遭到他的警告之后，她总是用这副神情跟他说——那么辛苦学习干什么，以后我养你啊。

周湳浦走得很慢，为了不让她离他太远。村子虽然古老，但并不小，两人步行十多分钟才走到村口。

学校坐东朝西，学校门是木质门，门口有一盏悬挂在门顶的灯，灯上落满了沙土。

校园不大，院子里沿着围墙种了一圈葡萄，现在葡萄刚刚发芽，葡萄架下堆叠着厚厚的干草料。院中的土花坛里有几株发着新芽的树。

教学楼很简陋，三层每层有五间。教学楼是这个村子唯一的楼房，半木结构。

是周末，学生不在学校。一楼的尽头有一间办公室，里面坐着几个老师，梁深晚走了进去，因为不会维语只好让周湔浦帮忙翻译。

周湔浦扭头向她摊了摊手：“人家问你有没有证明。”

“有。”她开始在身上翻，“我走的时候吕品还特别交代过，他说……”

回忆在脑海游走，不远以前的事不那么难想，吕品把证明给她，再三嘱咐一定要保管好……她折叠后放在了那件飞行夹克里……

要说这飞行夹克，可有故事了，然而所有的故事都遗留在了那场莫名其妙的火灾里。

她瞪大了眼睛将口袋翻出来给他看。

周湔浦见她那个样子，觉得好笑就问：“所以，你是没有了？”

她倒吸一口凉气：“我本来是有的，只是现在没了。”

正说着从里间出来了一个留有白胡子的老汉。老汉自称是这所学校的校长，略微会讲一点普通话。

梁深晚解释说：“我有证明的，你可以给我们支教团队打电话问。”

校长摇着头说：“没有证明，不行。”

“我真的有。”

“对不起，我要对村里的孩子们负责，没有证明请你离开。”

梁深晚突然想起，吕品说跟她一起来支教的另一个人已经到了这个地方。她眼睛一转：“是这样的，我有一个同伴，她先来的，你可以叫她过来，她能为我证明。”

“请你离开。”

“不是，我可以证明我自己！”

校长只顾重复那句话：“请你离开。”

梁深晚想用一招撒娇卖萌的方式蒙混过关，上前一把抱住了老校长的胳膊，可还没等她开口，校长就因为惊吓过度连连后退，撞到了身后的办公桌，一连串的反应让这里发出了巨大的声响。

还在学校里的老师以及经过学校的村民闻声赶了过来，看到万人敬仰的老校长惊慌失措的样子，一个个都换上凶巴巴的表情将梁深晚围了起来。

梁深晚双手举起，无辜地说：“啊，那个你们不要误会，我没有对他做什么的。”

那些人根本就理解不了梁深晚的意思，他们只知道校长是村子最有文化最受尊敬的人，他不仅是校长还是他们敬爱的老村长，他受了伤害，他们就一定要给他讨个说法。

梁深晚见怎么说都说不通，只好将求助的目光望向周滳浦，但周滳浦那个人居然一副看热闹不嫌事大的样子靠在门口不为所动。

“周滳浦！”

这不叫还好，一叫，众人都以为她是要找帮手，顺便也就把她伤害校长的罪名给坐实了。

梁深晚眼瞅着那些人一点都不懂什么叫怜香惜玉，卷着袖子抡起拳头就朝她围过来。本着好汉不吃眼前亏的原则，她顺势一个下蹲从人缝中挤了出去。

就在那一瞬间，周湳浦一把接住了她，二话不说拉起她就往校门外跑，身后的几个村民紧追不舍。

梁深晚根本就不用回头，身后的追赶声已经将她仅有的思考余地剥夺了，她只能由着周湳浦拉着她向村外奔跑。

出了村子，两人又过了一个土山，前面便是沙丘。

梁深晚累得一下子瘫在了沙土上，顺势倒在上面伸展了四肢，头顶上的蓝天白云以及落日西去的光景让她暂时不想去考虑被人追上的后果。

周湳浦单手解开衬衣的扣子，T 恤上有隐隐的汗迹，看着梁深晚因喘气而起伏的胸部不自觉地移开了目光。

梁深晚略有察觉，心有不平，起身问："刚才为什么不帮我？"

周湳浦指了指前方："从这个方向过去的话，会经过一段比较长的沙漠，我们还是趁天黑之前找个住的地方。"

"我问你话呢，为什么不帮我？"梁深晚一边捶着他一边问，配合着散开的头发样子看起来真是泼辣极了。

周湳浦大手一握将她的手抓在掌心，搁在胸口，也不恼火："我不能帮你。"

梁深晚气鼓鼓地问："看我被欺负，你很解气？"

周湳浦哈哈一笑："实际上，是你在欺负人家。"

"我欺负他们？你搞搞清楚啊，是他们死不讲理还以多欺少的好不好？"

周湳浦放开她，不可思议地问："你来之前都不做功课吗？克什村是纯少数民族村，曾经被异族侵略过。到现在警惕性都还非常高，过激反应说到底也只是在自我保护，入乡随俗，你该知道的。"

这话好像吕品跟她说过，只是那个时候她没在意。

"原来是这样。"

周湳浦却不依不饶了："来，你倒是说说看，你如果被欺负，我的什么气被解了？"

梁深晚脸红："报了我害你需要戴罪立功的仇啊。"

"你真的是这么想我的？"

听到这里梁深晚反倒松了口气，心中的愤懑也消失得差不多，就厚着脸皮凑近周湳浦。周湳浦是真的不高兴了，去了一贯尽管看她不顺眼暗地里却由着她的作风，没等她靠近就起身自顾自地朝沙丘下走。

梁深晚撇了撇嘴跟了上去。

第十章
DISHIZHANG

黄沙

爬上沙丘，落日余晖即将散尽。

梁深晚紧跟在周湳浦身后，从那之后他一句话都没有说，梁深晚自知理亏，也尽量不去打扰他。

一阵风从他们前面吹来，带来了一些凉意，以及其他。

还不等梁深晚定睛远看，周湳浦转身拉上她就朝反方向奔。这一路几经亡命天涯式的奔走，梁深晚已经习惯了。

可她需要理由。

“怎么了？”

“沙尘暴要来了。”周湳浦语气平淡，仿佛那并不是一件多么可怕的事。

梁深晚脑袋里“轰”的一声，接着就不要命地跟着周滳浦的步伐。

他的判断是正确的。

两人刚下沙丘来到平地，身后的沙尘就如细小的千军万马向他们袭来。伴随着风的嘶鸣，沙尘犹如一张铁砂网，梁深晚没经历过这些，她自然害怕。

走上略微高一点的地界，周滳浦脱掉衬衣裹在梁深晚的头上，拉着她趴到地上，不再向前走。

风沙肆虐，瞬间染黄了这片天空，梁深晚倒下的刹那，周滳浦抱住了她。

她趴在他起伏不均的胸口，听到他有力的心跳，一分钟前的恐惧骤然消失。

沙尘不约而至，铺天盖地地翻滚而来，梁深晚耳边一阵刺痛，背上越来越沉重，接着呼吸变得极其困难。

窒息抢占了她所有的感官反应，脑袋因为缺氧渐渐地不再灵活。她想叫周滳浦，可她叫不出来，风沙的嘶鸣声还围绕在她的耳边，耳膜胀痛的感觉仿佛下一秒就要开裂。而最重要的心肺功能仿佛已经在消亡的路上走到尽头了，那种挤压抽空式的疼痛简直就是最残忍的酷刑。

这一次比之前的任何一次都要让她绝望，死神仿佛已经站在了她面前，只要她一点头，对方就会把她带走，她已经无力再去挣扎。

然而，风沙还在持续。

大脑的意识越来越模糊，耳边除了风沙嘶鸣，就只剩下了周湳浦的心跳，以及他始终紧紧握着她的那只干燥的手。

她还是等到了风沙去尽的时刻。

耳边终于清静之后，她费力地将头从沙堆里伸了出来，拿开周湳浦的衬衣，大口大口地呼吸空气。

“阿湳？”等她缓过神来，方圆之地全是荒漠，而周湳浦半点影子都没有。

她慌了，赶紧从沙里爬出来，跪在她被埋的地方不要命地挖沙。

“周湳浦！”

沙尘虽然已经离去，但能见度还是低，她将双手伸进粗糙的砂砾当中一门心思地往更深处挖。

可周湳浦就像是消失了一样。

挖到绝望时，她失声痛哭起来，跪在沙地上脑袋抵着地面，心里有无数悲伤，话却一句都说不出来。

周围的一切都像是约好了要一起静默一样，梁深晚哽在嗓子眼的哭喊终究是随着极致的悲伤爆发出来了，她像疯了一般刨着沙地，大声喊:“阿湳，你快点答应啊。你要是死了，我立马去找你，就算是下辈子你都休想甩掉我！”

“周湳浦……”她迷失了方向，指甲里钻满了细小的砂砾，痛得她心脏直抽搐，“你在哪里啊，你快点出来，我不能没有你，你可以不要我，但我不能没有你听到没？”

“喂——”突然从她身后传来的声音喑哑低沉，“我还没死呢！”

她扭头，周湳浦光着上半身，用手肘支着地面，T恤被他拿在手上，目光灼灼地看着她。

不太明朗的天地间，四周都没了声音，梁深晚从未像现在这样确定周湳浦对她的重要性。

她几乎是扑过去的，一把将他按倒在地上，没有技巧地上去啃吻。被禁锢在岁月长河里的爱意有着化不开的酸涩，她把所有的奋不顾身全部给了他也就不再计较后果。

梁深晚的眼泪顺着脸颊流到周湳浦的嘴唇上，咸咸的，接着一股甜腥的味道在嘴巴里蔓延开来，她愣了一下，恢复了冷静。

她坐起身体，伸手擦了一下嘴角，有殷红的液体，再望向周湳浦，对方已经反扑了过来。

周湳浦和她的莽撞不一样，他对她的爱从来都是小心翼翼，唯恐受伤所以退之不及。

他抱住她，心疼地抚上她那张被风沙吹打过的脸，结实有力的肩臂仿佛就是这荒野之中最为安全的港湾。

风暴过后，又在死亡线上挣扎过一次，心有余悸中，这个拥抱胜过一切。

去他妈的使命道义、誓言重担，如果因为那些东西而让他失去了梁深晚的话，即便是抱着侠肝义胆的人设继续存活，可还有什么意义呢。

几天前他还在担心忧虑的东西，现在看起来都变得十分可笑。因为害怕她会为自己担惊受怕所以毫不留情地拒绝她，想让她远离自己去过无忧无虑的生活。却不曾想过，那个想法究竟有多么自私，在那些恐怖黑暗的日子里，正是因为知道有一个人在为自己担心，在思念着自己，所以不管付出多大的努力都会坚强地活下去。而当那个人出现在他面前表现出了对他的真挚情感之后，他还有什么理由再推开她。

现在他紧紧地抱着梁深晚，除了懊恼之前自己过于狭隘的想法之余，他更想珍惜眼前的她。

他小心翼翼地问："这么担心我会死掉？"

梁深晚仰着头，不带一点犹豫地回："如果必须有个人要死的话，那也只能是我。"她狠狠地咬着牙，"你别想让我为你伤心难过一辈子，所以我没有死之前，敢死的话，你试试看。"

周湳浦心里一顿，好像里面有万千个细小的钢钉刮过，有些痛。但摆在眼前的紧急情况却急迫得让他不得不岔开话题："我们得找个落脚的地方。"

梁深晚点了点头。

尘埃落定，一切又恢复到了原本的模样，空气依旧清新，星空还是那么灿烂。

梁深晚用手指戳了戳周湳浦被她咬破的嘴唇，问："疼吗？"

周湳浦眨了一下眼睛，合眼的时候睫毛投下长长的影子，他握住她的手放在嘴边亲了一下说："疼。"

"那我要怎么补偿？"

周滳浦勾起嘴角一笑又将她抱进怀里："乖乖跟着我就行了。"

梁深晚脸一红，接不下去话。

沙尘暴一过，沙丘改变了模样，周滳浦虽然可以凭着北极星的方向走出沙漠，但他回头看了看已经精疲力竭的梁深晚，最后还是决定今晚就在沙漠里凑合一晚。

风沙吹过后，沙漠里出现了很多之前被埋藏在黄沙之下的东西。大块破损的帐篷，赶路时遗留下来的雨伞，以及长短粗细不一样的树枝。

周滳浦将它们悉数拾捡起来，到了一个相对平坦的地方开始搭建晚上要住的地方。

把雨伞的布和金属支架拆开，金属支架做成了一个简易的帐篷形状，他又把那块破旧的帐篷布搭到用伞架做的帐篷支撑上。伞布也没有浪费，盖在了帐篷破洞的地方。

做完这些，他回头见梁深晚正在将他捡来的树枝堆到一起，还找了两块石头相互摩擦着。

他心头一软，笑着问："你是准备钻木取火吗？"

梁深晚头也不抬："这分明是用打火石取火。"

"那你是不是得确定它们本身是打火石才行。"

"什么意思？"直觉告诉她，她做了愚蠢的事。

周滳浦拿走她手上的石头，不忍心打击她，从口袋里掏出打火机递给她说："用这个吧，方便点。"

梁深晚恨恨地握住打火机，一把将他推倒在沙地上："你还说你没有什么气要解，这明摆着是在嘲笑我是不是？"

周湳浦由着她闹，也不还手："我嘲笑你，有什么好处？我俩现在可是一条绳子上的蚂蚱。"

"我才不是蚂蚱，蚂蚱能长这么漂亮？"

"是不是因为没有镜子，你才敢这么说的？"

梁深晚将散在脸前的头发撩到耳后，不高兴地问："你的意思是，我现在很丑？"

周湳浦趁机坐了起来："你漂亮过吗？"

"我华城城花的称号，你当是白来的？"

"谁评的？"

"前年，有个百城之花的活动，我，就是你眼前的这个姑娘，因为德智体美劳综合实力爆表，成了华城的城花。"

"哈哈哈哈哈……"周湳浦笑到不行，"你确定不是梁浅初给你走的后门吗？"

"你什么意思？"

周湳浦不说话，让她自己想。

他们高二的时候，华高也进行过一次校花评选。

梁深晚一开始是不打算参加，或者说，她根本就不知道有这件事。直到前十名佳丽出炉，她才知道凌安知背着她偷偷将她的生活照给贴到了学校的论坛里，还冲出重围进了前十。

不知道的时候她也许什么都不会做，但既然人已经进了前十，她心想那是个可以在周湳浦面前表现的好机会，于是让当时担任学校学生会主席的梁浅初跟活动举办人打了招呼，内定了她当校花。

回忆起当年的黑历史，梁深晚老脸一红，周湳浦见状二话不说凑上去亲了她一口："在我这儿，你是火花。"

"你什么意思？"梁深晚以为他还在嘲笑他。

他却非常严肃地说："能给我光亮，让我在暗无天日的时光中活下去的唯一。"

梁深晚一阵眩晕，周湳浦笑着揉了揉她的头发，从她手中将火机拿走蹲在树枝面前三下五除二就把火给生了起来。

已经降温的沙地，这堆火来得很是及时。

周湳浦冲她招了招手。梁深晚刚一走近，他就把她拉到了怀里紧紧地抱着，暖暖地耳语着："还冷吗？"

梁深晚摇头，她不再不作为，她扭了身体跨坐在他大腿上："当年，你为什么不去找我？"

周湳浦看着她的眼睛，在深夜里直接又简单地看着她。他说："我找了。"

"我怎么不知道？"

"你若是知道了，就会回来吗？"

"那还得你给我解释一下，当年你是喜欢上她了对不对？"

"没有。"

梁深晚眼睛发亮："这么说，你这么多年一直为我守身如玉？"

"没有。"

"跟其女人有过？"

"嗯。"

梁深晚心里暗沉了一下，抓着他衣服的手有些发抖。其实她不该如此，毕竟当初说分手的人是她，分手了人家想做什么自然不关她的事。何况他们都分开了近十年，人家是仪表堂堂的正常男人，犯不着守着她这棵不知所终的树清修。

可懂得了道理，并不见得就能好过，毕竟道理是别人的道理，人生却是自己的人生。

"怎么，不高兴？"

"我为什么要不高兴，大家都是成年人，在这种事情上向来都是开心就好，你说是不是？"

周滳浦脸一黑："开心就好？"

"对啊，又不是十七八岁的年纪，谁还会把纯情当饭吃不成，当然是自己开心最重要。"

周滳浦狠捏了一把她的腰，充满不悦："看来这么多年，你积攒的经验很丰富啊。"

"跟你一比，我还差得远，以后一定多些实践，保证下次见面的时候不输你。"

周滳浦在心里咆哮，面上却表现平静："阿深，说这些就能让你开心吗？”

梁深晚眼眶一热，她能怎么办。在这份感情里，她始终处于弱势，虽然一直是主动进攻方，但无奈对方防守严密，有主动的动作却没有主动的权利。

“光说肯定还不够开心。”

“哦？那还要怎样？”

“你知道我想要什么。”她直勾勾地看着他，一点都不婉转地表达着。

周湳浦顺势倒地，四肢伸展，大大方方地对她说：“想要什么，来拿就是。”

梁深晚不客气地俯身攀住他的脖子，轻轻流连在他嘴唇上被咬破的地方，要亲却不真的亲上去。

暖烘烘的鼻息洒在周湳浦的脸上，一开始他还能强装镇定，两秒钟不到，他就受不了了，起身把梁深晚抱进了临时搭建的简易帐篷。

残破的声线从沙丘背面绵绵传开，篝火在帐篷外烧得正旺，火光在温柔的夜风中跳动。

“阿湳，我疼……”梁深晚揪着他胸前的衣服，额头上的汗顺着惨白的脸颊流进脖子。

他不停地亲吻她，想以此来减轻她的不适，眉头舒展，没来由地，心中被高兴装得满满的。

梁深晚的那些话，不过是一如既往的逞强，他心里虽然明白，可终于得到证实却又是另一回事。

“那你决定，要不要继续。”在这种事情上，周湳浦向来不会强硬，比起她本人，其他的都只是附加条件。

梁深晚点了点头，将脸埋在周湳浦已经全部汗湿的胸前。

周湳浦得到许可后终于不再有顾虑，紧紧地抱住了怀里的人，以及那具他渴望了十年之久的身体。

火光直冲天际，在黑夜里像是一朵正在绽放的美丽花朵，照亮了四周的同时还把极致的快乐推向顶峰。

两人气喘吁吁地躺在周湳浦的衣服上，面向天空，那里繁星似海，星星都找到了各自的家。

“阿湳，”周湳浦搂着她亲了一下她的额头，听她说，“其实我从来就没跟过别人……”

“我知道。”

“那只是因为……”

“这是我这些年有过的女人。”他将自己的右手伸给她看。

梁深晚老脸一红，将头埋在他的胳膊里不敢看他：“我才不信。”

周湳浦爽朗地笑了两声。夜风从火堆那边吹过来暖烘烘的，两人身上很快就干彻底了。他将她圈进怀里：“你以为我这么多年都在干什么，四处找女人，风流快活吗？”

“没有吗？”

周湳浦亲了亲她的鼻尖说：“军校毕业，就直接来部队了。除了关咲，这些年，你是我说过最多话的女人。”

梁深晚半起身不满地说："对啊，还要除了关咲不是？"

"她是战友。"

"除此之外？"

"阿深，你是真傻还是假蠢？我要是真的喜欢她，在遇见你以前我们有十六年的时间。"

"那个时候，大家不是还小不懂感情嘛！"

"嗯。"周湳浦宠溺地看了她一眼，"但我开始懂感情的时候，你就出现了。你天天霸占着我，让我怎么有机会去喜欢别人？"

"瞎说。"她乐得在心里咯咯笑，但还是嘴硬，"那个时候你明明抱着她，抱得那么紧，要不是凌安知告诉我，我还一直被你们蒙在鼓里。"

"对不起。"他认真地道歉，"虽然我有充足的理由和原因，但是我还是跟你道歉，我不该那么做，我不应该做让你难过的事。"

梁深晚认真地看着他问："所以，你真的没喜欢过她？"

"没有。"

得到确定的答案，梁深晚便不再纠结关咲，从一开始她想要的也不过是周湳浦的一个解释，他说什么她都会相信。

"阿湳，为什么要来当这种军人？很危险不是吗？你爷爷他同意？你爸妈舍得？"

周湳浦微微叹了一口气："这件事，说到底你得负责任。"

"我？"她不解。

"嗯。"他回得云淡风轻。

“为什么？”

“你当年一声不响就消失，我去你家找你，你哥说你出国再也不会回来了让我死心。我问他是哪个国家，他说反正是欧洲的国家，具体的也没告诉我。于是我休学一年，去欧洲找了你一年……”

“你疯了？”梁深晚坐起来，心莫名地疼了起来，“你去找我干什么，我肯定会回来啊，你在这里我不回来我能去哪儿？”

周湳浦温柔一笑又将她圈进怀里：“我怕再也见不到你。”

“对不起，当年都是我太任性了。”

“你啊，就是仗着别人对你的偏爱为所欲为，什么时候都不会变。”

梁深晚不好意思地笑了一下，又问：“然后呢？”

“然后我就回国了，完成了剩下了课业之后就去‘天鹰’面试了，我运气挺好，一下子就被选中了。”

“我问的是，为什么要来这种部队，凭你爷爷还有爸妈在部队里的关系，你本可以……”

“因为那个时候，除了来当特种兵，我找不到其他的活法。”

梁深晚心里一顿，泪眼唰地流了出来。她以为自己是这个世界上最爱周湳浦的人，从见他第一面开始，就默默地下定了决心，一定要和他在一起。

可是说到底，她是自私的吧，一开始就是单方面地纠缠，其实也从未给过他或者说为他付出过什么，只不过是无休止地捣乱、惹麻烦。

周湳浦看似凉薄的性格里，却无时无刻不在包容她，包容她的无理取闹和胡搅蛮缠。最后她一个任性放了句狠话就拍拍屁股走人，她说她受伤，其实都是自找的。

但周湳浦，他却是实打实被虐惨了的那个。

“哭什么啊傻瓜？”周湳浦心疼地擦掉她脸上的眼泪。

“阿湳，和我这样的人在一起，你会不会很累？”

周湳浦笑了笑，心想你总算是意识到了：“嗯，累。”

她望着他又想哭：“我知道了，我回去以后一定乖乖地把你忘记。”

“你敢！”他正色道。

“你不是也说，跟我一起会很累吗？”

“可我愿意。”他轻轻地捏了捏她的脸，“用你的脑子好好想想，我有多喜欢你。”

“可是你在今天以前都还在拒绝我，说让我难过的话，我不知道……”她想不清楚。

“阿深，因为今晚之前，有些东西我还不能确定。”如你到底喜欢我到什么程度，如你对我是否还是和以往一样只是兴致所起，如你喜欢的是那个有点酷的周湳浦，还是我周湳浦本人。

“现在确定了？”她不问内容。

被她一问，他心里开始发颤。在清浅如水的梁深晚面前，他所有的试探和猜测都变得无比丑恶。

他该确定的，从很久以前就应该知道，面前这个人脑袋里只有一根筋，那根筋上还缠满了自己。即便是两人中间出现了近十年的分离，然而这分离带给彼此谁的伤害更大，他现在已经说不上来了。

只是掩埋在沙土之下听她说的那些话，他知道，这一次又是自己胜利了，或者说他始终都是站在强势的一方，看着她披荆斩棘地来到自己面前，他还要去怀疑其真心。

想到这里，他只觉得自己卑劣无比。

他将她紧紧抱住，简单地回答了一个“嗯”字。

然而那个字，已经足够让梁深晚疯狂。她抓住他的衣服，仰着脸问：“你的意思是，我们和好了？”

除了过程时间有点长，别的没毛病，他点了点头。梁深晚激动得仿佛回到了当年，他同意当她男朋友的那个晚上。

“真的？你可不能再反悔。”

“再？”周湳浦瞅着她，“说得像是上次反悔的人是我一样。”

梁深晚大囧，当即搂住他的脖子亲了一口，立马转移话题：“虽然你一直不说跟着我的目的，但我想一定是跟那个交易有关系，而我也不仅仅只是一个人质对不对？”

“嗯。”

“你现在不能说我不逼你，但是适当的时候，你一定要告诉我。”

“好。”

她有些犯困，倒在他怀里含混不清地说：“明天去县城，找吕品拿到支教证明，之后，阿湳你还会跟着我吗？”

周湳浦没有再接话，头顶上星河灿烂，偶有流星划过一瞬间跌入无尽的宇宙中，远处的天和平静蜿蜒的荒漠相接，看久了总以为那里就是世界的尽头。

火堆慢慢地燃烧，暖黄的光照在梁深晚的脸上，那里似有愉悦的情绪正在梦中跳动。他看着怀中的人先是会心一笑，继而是满眼的忧愁。

夜风温柔，火光依旧暖暖的。

她从来不知道，周滴浦可以说这么多话，也不知道他究竟喜欢她到了什么程度，可是，那些她不再想去纠结。

她抓紧了他，也不准备再放手。

第十一章

DISHIYIZHANG

起风

"真难吃。"左引一步跨上车将手里啃了一半的酱牛肉扔到窗外。

宋西西检查完追踪器，眉头一抬："我说左副队，你有的吃就别挑了，周老大现在指不定还在什么地方受罪呢！"

"受罪？"左引显然不赞同这个说法，"我倒是想跟他换换。"

于丁宝嗤嗤一笑："现在说这个晚了吧，谁让你当年那么早结婚。"

左引检查好车子，眉毛一拧："梁深晚那辆车找到了吗？"

宋西西在追踪器上滑了两下，表情严肃下来："已经快出省了，从方向看是要回华城，要不要截下来？"

左引大怒："交给其他人吧，我们不管了。"

于丁宝问："上面的意思是让我们继续观察梁深晚。"

"梁深晚就交给周队，查一下交易双方有没有新的动向。"左引扭头叮嘱宋西西。

宋西西调了频道，摇摇头："基本上没有动静，但信息显示交易还在继续。"

"继续盯着。"左引命令。

"我们现在去跟周队会合吗？"于丁宝问。

左引点燃一根烟，抽了一口，吐气："听他的指令，我们仨暂时先不动。"

宋西西点开了梁深晚和周湳浦现在的位置，在沙漠边缘，距离县城三十公里。

梁深晚醒来发现天已经大亮，看了一眼四周，发现周湳浦正蹲在昨晚烧的火堆边用沙埋了那些痕迹。

听到身后有动静，他扭头看了一眼。梁深晚瞅见他刚毅的目光和结实有力的身躯，心头涌上一股暖意。目及四方，现在在她身边的是早上刚刚升起的太阳和触手可及的他。

她觉得自己这一刻幸福无比，于是向他走去。

周湳浦心一软，丢下手上用来埋火堆的工具单手揽着她，腾出的另一只手指了指县城的方向说："从这里到县城还有三十公里，如果能遇到交通工具的话大概个把小时就能到。"

“如果没有呢？”

“步行的话，半天也差不多。”他看了看一脸憔悴的梁深晚，“当然，我指的是正常情况下。”

他说得不错，梁深晚的体能比不上他，除开他们男女有别，更重要的是梁深晚这两天几乎没吃到什么东西。

要是放在以前她一定会有千百个理由赖着不动，但现在，仿佛每前进一步都有了充足的动力，即便浑身乏力，她也充满信心。

两人把帐篷和火堆处理干净之后便上了路，经过了一片胡杨林，周湳浦没来由地紧张起来。

他们要抓捕的那帮人，按理说还不敢这么明目张胆，但为了以防万一，这段路他走得格外小心。

途中，遇到了两个赶骆驼的人，这边还没开口，对方就问他们要不要坐。

“太好了，这样的话，我们应该很快就能走出去了吧？”梁深晚问。

周湳浦本来不太敢冒这个险，但看梁深晚已经没什么多余的力气，再想到如果真的遇到什么事，他也有自信可以保护好她，就同意了下来。

和赶骆驼的讲好了条件，他就扶着她上了骆驼，为了防止意外，他坐到了她的背后。

“我想跟你说一件事，一直没敢告诉你的。”

“嗯。”周湳浦将双手从她腰部穿过去护着她，“你说。”

“就是我来支教的真正原因。”

周滳浦双手突然紧握，手臂上的青筋明显，有种隐隐不好的预感：“是什么？”

他那个时候一直在想，如果梁深晚就在这个时候跟他承认，她是来完成那起走私交易的，他该怎么办，是将她就地抓捕了还是放她离开。

“我说了，你不许生气。”

“嗯。”

“也不许再不要我。”

他有些急：“不会，你说。”

“就是，洛长白，你还记得吗？”

周滳浦在脑袋里搜索关于这个人的信息，确实没什么印象了，但还有个模糊的影子。

“高中的时候，他喜欢你，和你家有生意来往的那白痴？”

“人家才不是白痴，上个月燕大博士毕业呢。”

“他那种成绩还能博士毕业，不会是买的文凭吧！”周滳浦这么说不是带有个人主观偏见，洛长白高中的成绩确实是差到无药可救的地步，“不过你到底是想跟我说什么？”

“我本来，是要跟他订婚的……”

“你说什么？”周滳浦手上的力气突然变大，这比证实她是走私参与者更让他火大。

“你别激动啊。”梁深晚拍了拍他的手，“我和他之间没有感情你知道的，订婚只是为了两家在生意合作上有更好的往来，我不会跟他结婚的。”

“你还有什么没告诉我的？”

“没了呀。”

“那……”

稳稳前进的骆驼突然变得有些不对劲儿，周湳浦还没来得及作反应，就见那两个赶骆驼的人冲骆驼做了一个手势，骆驼收到指令，一个大颠将背上的人给甩了出去。

周湳浦在责怪自己大意的同时一把将梁深晚抱在怀里。

两人被骆驼甩出去后周湳浦背部着地，重重地摔在沙地上，梁深晚却被他保护得很好。

“阿湳，你没事吧？”梁深晚准备起身准备去扶他。

但为时已晚，两只骆驼用超出梁深晚可以接受速度朝他们赶来，不分深浅地往他们身上踩。

周湳浦比较灵活，抱着梁深晚不断地往前面滚，而那两只受到特殊指令的骆驼像是发狂了一般疯狂地向两人发起连环的进攻，根本就不给他们起身的机会。

“阿深，我数三下，你用尽力气朝右边滚，然后用尽可能快的速度站起来。”

梁深晚跟他配合，三声之后她离开了周湳浦，然后滚到了一边的空地上。

周湳浦以为这样至少能让梁深晚脱险，但他没想到这正好让两个牵制骆驼的人得了逞。只见他们以他没法控制的速度跑到梁深晚身边将她朝沙丘背面拖。

“你们干什么，放开我。”梁深晚对他们拳打脚踢，但一点作用都没有。

骆驼还在攻击周湳浦，在他还没有找到机会起身的时候，不远处一辆沙地摩托正以飞快的速度向他们奔驰而来。

“阿深，快逃。”意识到情况的严重之后周湳浦对着梁深晚大喊，与此同时找到了脱身的突破口。

他连滚带爬地起身飞奔向梁深晚。

但一切都迟了。

梁深晚被那两人丢到摩托上，四人便飞速离开了沙丘。

周湳浦追上去时，只剩下腾腾沙尘落在脚上。他拿出对讲机开始呼叫左引。

“Venus 呼叫。”

本来有些昏昏欲睡的左引接到指令，立马清醒，按下红色键回道：“Mars 收到。”

周湳浦焦急地看着梁深晚消失的地方命令：“密切关注交易动向，另外派一个人去追梁深晚。”

“收到，但是……”左引看了一眼宋西西手上的追踪器，“梁深晚身上没有我们能追踪到的东西了。”

周湳浦伸出手腕看了看表：“找到我现在的坐标，面向日出偏东北

37 度方向去。”

宋西西立马定位周湳浦，找到方向，于丁宝二话不说跳下车取下车顶上的追踪用的摩托车一溜烟就不见了。

“看来这次，是要最终行动了。”左引点了一根烟给自己提神。

“丁宝最好在交易完成之前找到梁深晚，否则周队可就真的要受处罚了。”宋西西盯着追踪器说

左引吐了一口烟，开始全神贯注。

梁深晚被绑到车上除了有些担心周湳浦以外，倒忘记了自身的害怕。

“我说，”她语气平淡地问，“你们想要什么？”

“到了你就知道了。”开车的人冲她吼。

“不可能是想让我死对不对？你们是什么人？要是不说的话，我就跳车了。”

开车人嘲讽般大笑了几声：“你少说这些，梁小姐，你觉得你跳得下去吗？”

她被人前后夹着，是跳不了。

“我咬舌自尽。”

“那随你好了。”

梁深晚挣扎了两下，发现徒劳，丧气地用脚踢了踢开车人的小腿，那人痛得龇牙咧嘴地骂了几句，她还没解气，摩托便停了下来。

和绿洲相接的地方，有一辆越野，好像有人在等着他们。

“项链。”一下车，接头人就直接向梁深晚伸手。

梁深晚想了一下，摸了摸腰间的护身符，说：“告诉我，你们是什么人有什么目的，说了我就给你们。”

“梁小姐，”接头人凑近梁深晚，一把摸向她的腰，还流连了一下，“你是做惯了无脑大小姐，连自家生意都从来不关心吗？”

梁深晚知道他已经摸到了护身符，只是她本能地朝后一退，愤怒地说：“你说什么？”

“说什么？令尊为了开拓中东市场，和我们进行了一场交易，而你是这场交易成功与否的关键。”

“你瞎说！”梁深晚几乎是吼出来的。

“瞎说？”那人似乎并不急着下结论，“瞎说我有什么好处，你乖乖地配合我们就行了。”

眼前的人说的话，她根本就没有办法接受，但综合前前后后发生的事情，她有一种恍然大悟的感觉。

那周湳浦呢？

她心头像是被什么生硬的东西狠狠地撞击了一下。她想，他一定早就知道了吧，从第一次见到她开始。那个时候自己虽然也是糊里糊涂地被挟持，可是说到底确确实实地与这场交易有关，周湳浦一路跟着自己的目的是什么呢？

是保护自己还是利用自己引蛇出洞？

要是放在以前她一定会相信他的目的是后者，可是现在她想，至少不可能只是后者。

接头人见梁深晚一直不说话，就提醒她："梁小姐，我劝你啊，还是乖乖地跟我们配合比较好，反正大家都是为了一个目的，跟你爸爸作对有什么好处呢，再说了，你细皮嫩肉的，不听话受伤的话看着怪叫人心疼的。"

梁深晚一阵恶寒，连连后退，大声反驳："我爸他不可能会做这种事情。"

"你爸爸或许不会，但你爸爸的私生子就不一定了。"

梁深晚脑袋"轰"的一声炸了，私生子？劲爆消息来得猝不及防，她根本就没有任何时间去消化理解。

说梁家呈走私就已经很难让她接受了，又弄出个私生子这么扯淡的事，当她是三岁小孩子戏弄吗！

她还没有想清楚，接头人便不再给她时间，一把将她按在地上，撩开她衣服的下摆，将项链扯了下来，然后从靴子里掏出一把尖刀。

"你干什么？"

没等梁深晚反应过来，接头人就将她的手拽了出去。一阵尖锐的刺痛从手指上蔓延开来，她再看自己左手的食指被割了一道深深的口子。

她痛得一脚踹向接头人："神经病！"

接头人也不恼，只顾着将血滴到项链坠子上，然后笑呵呵地对梁深晚说："要不是看在我拿人钱财的份上，梁小姐，你这个样子还真的是很合我胃口。"

梁深晚挣开他，想继续攻击他的时候，被其他两人拦下。接头人继续说：“好了，现在我完成任务了，梁小姐是跟我一起离开呢，还是留下来继续跟那个当兵的调情？”

“你把话给我说清楚。”

“我说得已经很清楚了，梁小姐，我这也是在为你父亲办事。”

“你胡说，我爸爸为什么要这么做？你说的他的私生子是谁？”

“我没有义务告诉你这些。”

这边话还没说完，那边沙丘上骑着摩托赶来的于丁宝已经快到眼前，接头人估计是没有想到这么快就会有人追来，脸上略过明显的惊慌。

“怎么办事的？”他冲那两人一吼，“不是说她身上没有可以追踪的东西了吗？”

“的确是没有了，上骆驼之前我检查过的。”其中一人回答。

接头人一个箭步上了车，另外两人也跟了上去，梁深晚抓着车门不松手：“你们别想就这么走了。”

“梁小姐，我倒不介意再陪你玩玩，不过，你老爸估计等不了了，以后回了华城，我找你去啊。”

梁深晚咬紧了牙想给他一拳，但开车的人一脚将油门踩到底，她被甩了出去。

于丁宝赶来的时候，那帮人已经驱车逃离。

“嫂子。”于丁宝跳下车，赶紧将梁深晚扶起来，“你没事吧？”

梁深晚痛得差点背过气去，看到于丁宝就想到周湳浦，她赶紧问：“你们周队他有没有事？”

“老大没事，已经去跟左副队会合了。我就是他派来找你的。”

听到他没事，梁深晚松了一口气。即便眼前浓雾弥漫，去路不知所终，但只要能确定他安然无恙，那她的世界里依旧会有朝阳升起，她仿佛一下子明白他为什么说她是他生命力的火花。

因为此时此刻，他于她的意义，亦是如此。

在去跟他们会合的一路上，梁深晚把这前前后后发生的事情联系到一起，想要得出个结论来。

虎毒还不食子呢！如果说这场不合法交易是由梁家呈发起的，她死活也不会相信他会置自己于死地。梁家呈平日里虽然对她比较严厉，可却对她有求必应，也是实力宠娃的人，不可能为了开拓什么鬼市场就拿她的性命开玩笑。

再者，开拓中东市场这种事，她从未听梁家呈说起过，虽然她和梁浅初不关心家里的生意，可也不能一点风声都听不到。

私生子什么的就更是无稽之谈了，她所熟悉的梁家呈无论如何都不是那种会在私生活方面乱来的人，要知道他可是把名誉看得比什么都重要的。

可假设她的推测都是对的，那么，她支教的这一路三番五次的莫名遭遇，又要作何解释。

她想不通他们拿她的项链要干什么，还往上面滴血，搞得跟美国大片里面开启新世界大门的桥段一样。

那项链是梁家呈在她十八岁生日是送她的，说是这世界上仅有一枚，请大师开过光，所以她一直当护身符随身携带。现在被他们拿走了，声称是交易的关键——也就是说，从一开始他们想要的东西就是这个项链?

想到这里，梁深晚心底一惊，心里像是起了火一样，燥得难受。

左引开的车停在通往县城主城区的边郊。于丁宝带着梁深晚赶过去的时候，周湳浦正坐在驾驶室里。

看到梁深晚，他几乎是一脚踢开了车门然后跑到她身边问：“有没有受伤？”

梁深晚摇了摇头表示自己没有受伤：“他们拿走了我的项链，我爸送我的十八岁生日礼物，你见过的。”

“除此之外，他们还对你做了什么？”

她将手指放到他面前晃晃：“割破了我的手指，将血滴在坠子上。”

“只是这样？”

她有些犹豫，可还是说了出来：“说那个是交易的关键。原来他们一直想要的东西并不是照片，也不是我，而是那个项链。”她咬了咬牙，“还说，这场交易是我爸主导的，阿湳你相信我吗？”

周湳浦眉头一皱，不知道该怎么回答。

梁深晚拉住他的胳膊说：“我爸不会做那种事情的，这个你是知道的啊。”

“我也愿意相信，不是他。”

梁深晚手一顿，松开了他：“这么说的话，是真的了？”

“阿深你听我说，”周湳浦将手放在她的肩头，“不管是不是梁叔叔主导的，这件事都和你无关。”

宋西西脸色一变，小声但又用他听得到的声音对他说：“他们开始行动了，方向目标确定。”

梁深晚看到他脸色在变得严肃之前，好像还有一丁点轻松感。

“阿深，现在你去找吕品，无论如何一定要保证自己的安全。”他再次强调。

“阿湳，”梁深晚一把拉住他的袖子，“危险吗？”

“不危险，就是个小任务。”

“我还能见你吗？”

“能。”他坚定地回答。

“什么时候？”

周湳浦黑色的眸闪了闪，沉默了一秒后回道：“不会太久。”

他的手从梁深晚的掌心滑过。

梁深晚复杂地看着他，心里一万句话争相涌出，她却不知道该从哪一句说起。不知道为什么，她总有种莫名的悲凉感，就好像这一次离别她可能再也见不到他了。她很想上去抓住他，请求他带她一起去，但她也清楚那是不可能的。

“乖，等我。”

一句话短短三个字，周湳浦也是鼓足了勇气。

“你一定要安全回来。”梁深晚抬头望着他，眼睛里除了满满的不舍，还有满满的泪花。

“好。”

汽车驶往他们要去的方向，除了周湳浦，其他人开始换衣服。

宋西西调侃：“别搞得跟生离死别一样，不过就是去抓几个毛贼。”

“他们的交货地点查清了吗？”周湳浦问。

宋西西盯着屏幕说：“双方会合的地方在西南方的边境线，这次这帮王八蛋估计是想在境外交易。”

“那我们一定要赶在交易越界之前抵达。”周湳浦将车猛地拐进了沙地。

于丁宝问：“老大，你一直坚持要跟这个案子，不惜违反军纪也要跟着嫂子，是不是就等有一天手上掌握了足够的证据证明嫂子跟这个交易无关？”

周湳浦没回他，倒是左引说：“现在下结论还为时过早，再说是不是跟梁小姐有关，这件事轮不到我们管，那是公安警察的事。”

于丁宝不解：“不知道嫂子那个项链是用来做什么的，难道是钥匙之类的？”

“梁深晚那里，真的不派个人盯着？万一她骗我们呢？”左引问。

“我相信她。”周湳浦说。

“你笃定的依据是什么？”左引问，“你爱她？”

“是她爱我。”周湳浦将墨镜从头顶上滑下，挡住了前方刺来的强光。

左引略显无奈：“但愿，她不会让你失望。”

车子又拐了两个弯之后，一架军用直升机就出现在他们面前，四人迅速下车换了交通工具。

而此时，几个亡命之徒，也正在拼尽全力赶往交易的地点。

第十二章

DISHIERZHANG

项链

和周湳浦他们分别之后，梁深晚赶紧找到吕品的支教大本营。

她运气比较好，一去就找到了吕品。

吕品看到梁深晚好像并不惊讶，反而像是猜到她会回来一样："梁小姐，是不是忘了什么东西？"

"我那个支教证明在去克什村的路上搞丢了，回来是想让你重新帮我开一份。"

这个吕品倒是没有想到，他眉头一皱问："怎么丢的？"

"一言难尽。"

"我还以为你回来是为了拿行李的。"

“行李？”梁深晚以为自己的行李早就被火烧了，“我的行李又回来了？”

吕品大笑：“对啊。说来我跟你这行李真是有缘，第一次你人不见了，我给你拿了过来；第二次，你下车又不拿，人司机要不是认识我，绝对不会好心地给你送回来。”

梁深晚狐疑，但不好明说，就问：“那个房东的孩子还在吗？”

吕品说：“这会儿不晓得去哪儿野了。”

梁深晚若有所思地说：“那我还是可以上楼去休息一下的对吧？”

“可以啊，你的行李也在楼上。”

仿佛还是进入了那个死循环，梁深晚苦笑一声上楼。找到行李，拿出衣服洗了个澡。她从卫生间里出来的时候，房东的那个孩子正蹲在地上手里拿着吕品让他送上来的支教证明。

梁深晚看到他安安静静睁大眼睛的样子心里有些发虚，那男孩听到声音立马起身准备跑。

“别跑。”她一把将他拉住并把房门关上，“你怕我？”

男孩摇了摇头。

“真的？”

男孩咬了咬牙又点点头。

“怎么，两天不见就不热情，发生了什么事？”

“我阿姨说，让我不要跟陌生人说话。”

“我算是陌生人吗？”

那孩子点了点头，又摇了摇头。

梁深晚从行李箱里拿出了一些糖果塞到他手里：“那你跟我说说，是个什么样的阿姨，她经常来看你吗？”

男孩点了点头。

“她最近一次来是什么时候？”

那孩子没说话。

“那她来的时候，是不是提着这个箱子？”梁深晚指了指自己的行李箱。

那孩子抬起眼盯着箱子看了一会儿才回：“是。”

梁深晚笑着揉了揉他的头发：“果然是这样。”她就觉得那个一路上都在跟着自己的姑娘一定有问题。

“她是好人。”

“小孩子哪里知道什么是好人什么是坏人？”

那孩子眨了眨眼睛，稚声稚气地说：“她说，以后会带我离开这里。”

梁深晚蹲下来看着他的眼睛，又问：“她为什么要带你离开这里？”

“阿姨说，我是属于外面的世界。”

“嗯。”梁深晚揉了揉他的头发，“你要是想离开，我也能带你走啊。”

“真的吗？”

梁深晚笑了笑：“当然是真的。我们家也有两个小团子，比你略小两岁，你肯定会喜欢他们的。对了，”她问，“你有名字吗？”

那孩子摇了摇头："我阿姨说，我很快就会有名字了。"

梁深晚心里一沉，有股说不出来的滋味。这孩子看样子至少得有五岁，要是在华城早就读书了，而他到了现在连个名字都没有。想必他在这里生活得一定不好，不然也不会这么小就想着要去外面的世界。

梁深晚又悄声跟他说了两句什么，那孩子一溜烟跑到了楼下，不一会儿又跑了上来，将手中的东西递给她的时候眼睛里有些闪烁。

"怎么了？"梁深晚问

那男孩开口："我阿姨跟我说，要是看到你让你直接回家。"

"这样啊。"

"嗯。"

"那我俩的秘密你告诉她了吗？"梁深晚摇了摇手机问他。

他摇了摇头便跑开了。

上次离开县城的时候，其实手机并不是丢了，她担心自己会有不测，所以提前编辑好了短信，并教了那个孩子使用，说如果她在一个月内没有来这里找他拿手机，就让他帮忙发送出去。

现在好了，才不过两天，就又见面了。

拿到手机后，她迫不及待地打开，给梁浅初打了过去。

嘟声过去很久，那边才接起。

还没等她开口，电话里就传来了一阵瓷器破碎的声音，接着是女人的哭骂声。

梁浅初不耐烦地冲那边的女人吼道："要过就过，不过就滚。"

那边的女人哭着说让梁浅初别后悔，再接着就是"咯噔"一声重重的关门声。

梁浅初和韩影又在吵架。

"哥，"梁深晚见那边没有吵架声了才开口，"你还好吧？"

梁浅初气呼呼地回："别提了。"

"嫂子不管怎么说都是女人，你哄哄就好了。"

"哄？"梁浅初语气不善，"你第一天认识韩影吗？"

"自己娶回去的，问谁呢？"

"要不是因为她的那双眼睛……"

"不是长得和凌安知有几分相似，你是万不可能娶她的，我知道。"梁深晚及时打断。

戳到痛处，梁浅初才回过神："你这两天怎么又联系不上了？上次提到的事情怎么样了？"

"爸爸呢？"这是她最后的希望。

"妈说他去度假了。"

梁深晚心一慌抓着手机的手加大了力道："那妈现在呢？和以前有不一样的地方吗？"

梁浅初觉得有些莫名其妙："每天都会去公司，按时回家，陪亦真、亦幻，教训我……和以前并没有什么不一样。你怎么了，怎么总感觉你话里有话？"

她不知道这件事胡丹花和梁浅初知不知道，如果梁家呈骗了他俩，说是要去度假，而其实是去参与走私了，那他不告诉他们很有可能是为了不让他们担心。现在事情还没有完全下定论，她也不能贸然把事情告诉他。

“对了，”梁浅初见她不回，问，“洛长白说要去找你，你们碰面了吗？”

听到那个名字，她眉头一皱，心里不知道怎么就窝起火，问：“你告诉他我在什么地方了？”

“没有啊，他说他知道。”

虽然不知道洛长白这个时候来找她是出于什么目的，但她一点都不想见到他是真的。放了他的鸽子逃婚是她的不对，可他们不合适，即便订了婚，也一定不会结婚，到了那个时候，洛长白说不定受到的伤害会更大。

尽管心里对洛长白有一定的愧疚，可是他这个时候来不管怎么看都不是一件好事，名义上准未婚夫和实际上的男朋友要是碰面，这算怎么回事。

再说，她现在一心想要知道梁家呈到底有没有参与那起走私案，还有那个交易到底是怎么回事，根本就没有一丁点心思去应对洛长白。

“我知道了。你那边要是有爸爸的消息，或者感觉妈妈有什么不对劲的地方，记得马上告诉我。”

挂了电话，她看了看其他信息。

之前发给梁家呈的短信里提到了房东的孩子，说他很可爱，又有点可怜，除此之外总觉得他长得和自己小时候很像，于是调侃他是不是在外面给自己生了个弟弟。

令她没有想到的是，梁家呈居然回了，他反问她，如果是的话，她会怎么做。

虽然是几天前的短信，但根据回复的时间来看，是秒回的。

不是梁家呈一贯的风格，语言和行为都不是。

难道，梁家呈真的有私生子?

她一个头两个大。

周湳浦那边也不知道怎么样了，交易有没有被阻止，交易双方是不是已经抓捕了。

一团乱麻一样的东西堵在她心里，让她烦躁又混乱不已。

来自梁家呈的消息还在她眼前闪烁，她用手指覆在那些字上面，良久之后点开编辑框，输了字进去，点击发送后，她躺到床上，不一会儿困意来袭。蒙眬中，仿佛有一个女人来到了她的身边，那女人的长相模糊不清。那女人坐在她对面，止不住地哭泣，她想跟那女人说话，想问她怎么了，可那女人好像根本听不见她在说什么一样。

忽然间，那女人扑了上来，一把掐住她的脖子，她拼命挣扎，指甲抠进砖墙当中，两只脚拼命地踢想要引起别人的注意。

但一切都是徒劳的，那女人边掐她边哭，最后又笑了起来，她抬起头，看到了一张面目狰狞可怕的脸。

那张脸一半被烧毁，头骨都露在外面，而没有烧毁的另一半脸上有一只非常美丽的眼睛。

她哭笑着对她说“去死吧”，眼泪顺着她的脸滴到她脸上。

她渐渐地挣扎不动了，所有的感官都变得迟钝，除了疼痛，来自心灵深处的疼痛，让她越来越清晰。

那疼痛让她费了很大的劲将肺部的浊气吐出，换上了新鲜空气的一刹那，她腾地惊坐起来。

原来是一场梦——

可是那梦中的景象竟然那么清晰和真实，甚至那女人流在她脸上的眼泪都还在。

她觉得不可思议极了。

她大口大口地呼吸着，可能是刚刚挣扎的声音过大，那孩子听到响声跑上楼，她还在缓气的时候，他就已经跑到了她的面前。

他伸出软软的一张小手帮她把脸上的眼泪擦掉，还小大人似的拍了拍她的背。

就是在那一瞬间，那孩子脖子里的项链坠子落了出来。上次见的时候只是觉得漂亮，这次再见，竟让她错愕。

她突然脸色惨白，细密的汗珠从额头冒出。她疯了一般跳下床拿起手机下面的吊坠放到那孩子的项链跟前比对。

那孩子的项链是一个眼睛的形状，中间是空的，如果把她的那个放进去的，刚刚好能嵌进去，就是一个完整的眼睛，丝毫不差。

从十八岁就一直戴在她脖子上的那个蓝宝石项链，原来只是一只眼睛的瞳孔，梁家呈声称全世界仅此一枚的宝石原来还有另一半。

她浑身抖动，无力地瘫坐在床边。

一个事实她不得不接受——梁家呈他，真的有私生子。

那孩子淡定又冷静地看着她，仿佛在等她开口。

可她根本开不了口。

“你，”梁深晚红着眼眶问，“是在这里等我的，是专门在这里等我的，是不是？”

她希望那孩子能和正常五岁儿童一样，表现出根本不懂这个奇怪的大人在说什么的样子。

可是他没有，他从容又平静地点了点头。

梁深晚感觉自己的世界彻底坍塌了，如此这样的话，那么梁家呈参与走私这件事就是板上钉钉的了。

可为什么要把她掺和进来，难道真的是要扩充中东市场，为此不择手段?

可明明，他还说要让她回去参加订婚宴的啊。

对啊，他说要派人来接她，然后她就莫名上了那帮劫匪的车，难道真的都是梁家呈安排的?

她有些接受不了这样的事实，无论如何她都没有办法相信梁家呈会成为这样的人。在她心中大地一般稳重、像山一样可靠的人，怎么可能会做出这种事。

她想不明白。

那孩子走近梁深晚，一双漆黑的眼睛里流露出来的是纯真的光，他轻轻地喊了她一声“姐姐”。

心中遭遇了巨大的冲击，她顿时一点睡意都没有了。

如果这孩子是在这里等她，她想，那她这一路上遇到的所有事情很有可能都不是巧合，甚至包括了和周湳浦的相遇。

她不是被恰巧安排到了克什村去支教，让她来的人一定是有非要她去不可的理由，说不定就是事先安排好了什么事情在那里等着她。

想到这里，她再也待不住了，连忙收拾了行李想连夜赶到克什村。

“姐姐，”那孩子从她身后抓住了她，“带我一起去。”

梁深晚这个时候不知道该怎么面对这个孩子，他可能是她的弟弟，在此之前，她非常喜欢他。现在她说不上来对他抱有怎样的感情，可是他提出了这样的要求，语气里没有孩子式的撒娇，反倒像是经过了深思熟虑后才说出来的。

“我不能带着你。”

那孩子将手伸进口袋摸出了一个东西递给她：“我有吕品哥哥的车钥匙，你带我一起去，我给你。”

梁深晚望着那张稚嫩的脸，突然感觉到了惶恐。这孩子眼睛里装着的根本就不是纯真，是一种认真起来比恶魔还要吓人的东西。

“你真的只有五岁吗？”梁深晚在心里嘀咕。

这孩子说要跟着她去，一定不只是想去玩的，他也一定有很想去克什村的理由。迫于当下的情形，她不便过多询问，她现在需要车，尽管觉得带着一个孩子不方便，可她没有选择。

夜色浓重，去往克什村的路上偶有低矮的树丛在眼前一闪而过，借着月亮清辉的光，她看了一眼那孩子，他眼睛垂着，一双手攥得紧紧的。

“方安呈，”那孩子小声说，“阿姨说在我没有正式名字之前，我叫方安呈。”

“吱——”

梁深晚猛地踩了刹车，车子腾起了一阵细小的灰尘，在夜色的掩盖下很快消失得无影无踪。

“不是阿姨，是妈妈，是妈妈对不对？”梁深晚扭头看了一眼坐在后排的方安呈问道。

方安呈抿着嘴巴，睁着一双乌溜溜的眼睛看着梁深晚。

“天啊，”梁深晚后背沁凉，虚汗直流，“这么看来，所有的事情都能解释了。”

梁家呈在所有人都不知情的时候背着胡丹花在外面搞了一个女人，那个女人还给他生了一个孩子。把名誉看得比什么都重要的梁家呈没有承认那个孩子的存在，于是那个女人潜心多年策划了这么一个计划。

看似毫不经意，其实每一步都事先做好了准备，甚至知道她不愿意嫁给洛长白……

“凌安知？”梁深晚如梦初醒，“她曾消失了六年！”

她把车停在路边，趁着离县城还不远手机还有信号，她把微信打开，找到了凌安知前几天发给她的那张她和梁家呈对话的截图。

当时就觉得有些不对劲了，现在一看果然不对劲。

那个时候她说她已经在非洲了，可她发给她的那张对话截图上的时间却是东八区的北京时间。

凌安知她当时根本就不在非洲！

梁家呈答应给凌安知捐药，压根就不是看在她是她同学的份上，而是因为他们是那种见不得人的关系。并且那药也不是拿去捐了，而是去做走私了，用的还是她梁深晚的名义。

目的呢？报复梁家呈的始乱终弃？还是其他？

她苦笑两声，胸中涌现出了一股难以释怀的浊气。她喘着粗气开始拼命拨打凌安知的电话，可是对方始终处于关机状态。

愤怒和着郁结的情绪让她失去了理智，她使劲拍打了一下方向盘，懊恼地倒在座椅靠背上。

她开始自嘲地笑了起来，八点档的狗血家庭剧吗？最好的闺蜜和自己的爸爸搞在了一起，还有了孩子？这让她如何面对，如何接受？

亏她还在短信中回复梁家呈说，要真是她弟弟，她会接受他，会对他好。

她回头看了一眼方安呈，心里五味杂陈。如果不是方安呈还只有五岁，这会儿她一定会把他丢出去。他的存在，简直就像无时无刻不在提醒她——她是个大傻瓜。

我拿你当闺蜜，你却觊觎我爸爸——这是梁深晚唯一能对凌安知说的话了，如果凌安知真的是这小鬼的妈妈的话。

方安呈虽说跟一般五岁儿童相比是早熟了点，但说到底还是个孩子，在跟梁深晚对峙了一会儿后，耐不住困意，终于还是倒在后排睡着了。

梁深晚自顾自地懊恼半天之后还是启动车子开向克什村。

在路过一片碎石山的时候，突然又想起来。

那个一直跟着自己的女孩，早就觉得不对劲了，现在想想，她绝无可能是别人，一定是凌安知无疑了。

她一敲脑袋，懊恼自己是有多迟钝，现在才想起来。她再次将车停在路边，下去将后备厢里的行李打开，拿出单反相机，翻找到了那天在火车站外面拍的照片。

当时迎面开来的车腾起的尘雾遮挡住了大部分的视线，那女孩露出了半张脸，尽管模糊不清，可那半边脸上的那只眼睛，她再熟悉不过了。

当年她就十分羡慕凌安知有双绝美的眼睛，梁浅初更是为了那双眼睛娶了才认识没几天的韩影。

那双漂亮得不像话的眼睛，就算是化成灰，只要有个形状，她也能一眼看出，它属于凌安知。

梁深晚瘫坐在马路上。

四月底，这地方早晚温差依旧大。

寒凉的空气从她脖子里蹿进去，让她止不住地哆嗦。

而此时，潜伏在西南边境线边的行星四人组，为了避免打草惊蛇已经在此守候了一夜，追踪器上显示的信息一直都是目标正在靠近，但方圆之处始终没有半点动静。

“再确认一遍。”周滳浦说。

宋西西再次确认，信息上来讲的话，找不出错误之处。

“要不直接先去抓获境外的那部分？”左引说。

“我们的任务是终止此次交易，只抓捕一边的话没有意义。”

“怎么会没有意义呢，至少交易也没有成功不是？只要没成功，国内犯罪的部分就不归我们管了。”左引略有些不耐烦。

“坚决执行任务。”周滳浦再次强调。

左引有些恼火：“我看你是想坚决给梁深晚洗清嫌疑吧！”

周滳浦一个眼神望过去，左引虽然心有不甘但还是立刻闭嘴。就在这个时候，宋西西收到了指令：“目标正在完成中。”

周滳浦将面罩戴上，指挥：“两边进攻，双向抓捕，终止交易。”

四人分两路冲上石崖，宋西西的追踪器里信号越来越强烈，两边交易就在石崖背后，他们只要一上去，就会面临一场明火的交战。对方选择这个地方作为交易地点也就是看中了它易守难攻好逃逸的地势。

左引率先一步登上了石崖，然而呈现在他面前的却只是一个空箱子和一条毁坏的项链。

“妈的！”左引一脚将箱子踢了二丈远，“被骗了。”

余下三人冲上去，宋西西再看追踪器，果然，信号中断。

“我早就说了梁深晚不可信，你还笃定说她爱你，讽不讽刺啊周队长？”左引将面罩从脸上扒下来，气冲冲地对周滷浦说。

戴着面罩的周滷浦，双眉紧皱，再也看不到别的表情。

正在此时，他们的身后响起了枪声，根本都来不及躲避，一颗子弹便朝周滷浦飞来，他一转身依稀看到一张熟悉的面孔。

第十三章

DISHISANZHANG

障目

说时迟那时快，左引猛地上前一推，周湳浦顺势往前倒去，子弹擦过左引的肩头，布料破损，殷红的血液瞬间从皮肤里冒出将左引深绿色的军衣浸湿。

周湳浦眉头一皱，迅速起身趁对方还在愣神的瞬间开枪射击，在于丁宝的配合之下，两人唰唰干倒了一大片。

那伙境外武装见讨不到什么好处，领头的下达命令之后，他们迅速撤到悬崖边上，然后纵身一跃，顺着事先准备好的绳索溜到了悬崖下面。周湳浦、于丁宝等四人追上去，他们已经跑到了边境线外。

“操！”左引按着肩头的伤口跑到崖边，一脸狠戾，满心不甘。

周湳浦将地上那条损坏的项链捡起来，仔细端详了片刻之后，眼睛里流露出来一股不安：“坏了。”

正在这时，宋西西赶过来对他们说：“信息显示，交易还在进行当中，并没有最终结束。”

“这他妈是声东击西！”左引恨恨地望着周湳浦，“梁深晚这是在迷惑我们，这下好了吧，我们就算是有飞的本领也赶不过去了。”

“不，”周湳浦将项链扔掉，“不是她。”

“老大，你的是意思是，嫂子给他们的项链，也就是交易的关键物品是假的？”于丁宝问。

周湳浦沉着脸，点头：“她有危险。”

“疯了吧你？”左引不可思议地走上前去，“到现在你还相信她？”

“她不是。这场交易跟她没有关系。”周湳浦望了一眼左引的肩头，指了指问，“你没事吧？”

左引心头窝火，并不理会他那后半句话：“所以，你现在要赶去救她？”

周湳浦分析起来：“她一定是感觉或者知道了些什么，所以才会给他们假项链。之所以没有告诉我，是因为可能她自己也不确定，不想给我错误的信息。如果是这样的话，交易双方的任何一方都会再次去找她。我们得马上去克什村。”

“我不同意！”左引脸一黑，“如果她真的跟这场交易无关，那么在县城的时候她就该告诉我们项链是假的，可是她没有。”

于丁宝眼睛一亮，接过了周滳浦要说的话："左副队，你怎么聪明一世糊涂一时啊。项链是假的这件事我们都不知道，那交易双方肯定也不知道，这样就能保证交易一定完不成，而我们又能顺利抓捕罪犯并且缴获物品，我想嫂子的初衷一定是这样的。至于没有告诉我们，我想她肯定是不确定她身上是不是有对方留下来监听或者追踪之类的东西。她这么做，其实是在为我们着想啊。"

"密切关注他们的下一步行踪。"周滳浦扭头对宋西西吩咐，弯腰收捡好枪支，"丁宝说的正是我要说的。你们想想看，我们来到这里扑了一场空还差点还中了埋伏，这说明对方知道这项链是假的一定有一段时间了，那么这段时间他们会去什么地方？"

"找嫂子。"于丁宝回。

"不错，我们一定要赶在他们之前找到梁深晚。"

"那万一……"左引最后一次疑问，"梁深晚真的是他们一伙的，在跟我们分别以后去找了他们，那……"

"左引，"周滳浦正色，"相信我。"

跟着周滳浦的这些年，他确实从未出过错，也没有让他们失望过，他的那句"相信我"威力很大，左引不再说什么。宋西西上前查看了左引的伤口，所幸只是擦伤，四人趁着天刚吐白迅速下山，前往克什村。

天微亮的时候梁深晚带着方安垦到达了克什村。

此刻村子一片祥静，她将车停在村前的山头上，开了窗子，凉凉的风便从车窗缝里钻了进来。

她回头看了一眼方安呈，小小一个，安安静静地蜷缩在车子后排，身上盖着她的外套。仔细看，五官中除了眼睛生得漂亮跟凌安知一样，其他地方倒是随了梁家呈，所以实际上他跟她也有几分相像。

梁深晚胸口又闷又堵，按理说，折腾了一夜现在多少也应该有点困乏，可她反而清醒得不像话。

她反反复复地想着，如果胡丹花知道了这件事，该是何等绝望和伤心。在她印象中，梁家呈和胡丹花一向相敬如宾。梁家呈俊朗潇洒，胡丹花优雅知性，他们是华城名人圈里的模范夫妻，两人之间从未红过脸，她一直觉得自己是生活在幸福中的，甚至她对婚姻也只有美好的期盼。而现在……看似和谐又幸福的家庭，实际上内部早就破损不堪了吧！

后排那个还在梦中的小鬼，不正说明了这个问题吗？

梁深晚倒在椅背上，眼睛注视着前方日出的方向。昏黄的光线突破了云层照在这片黄土地上，眼前的村庄终于冒出了轻薄的烟雾。

她踩下油门，缓缓将车开到了村子里。

车子刚停下，方安呈就自己开门跳了下去，径直往小学走去。

看来，他对这个地方很熟悉。

梁深晚紧紧跟着他。

校长一副刚睡醒起来的样子，从校舍出来，端着一个瓢在刷牙，看到梁深晚的时候吓得一哆嗦，瓢掉到地上碎成了两半。

见状，梁深晚赶紧举起双手解释：“啊，那个你要不激动，我这次是带了证明的。”说着连忙把吕品给她的证明递给了校长。

“那个，校长大爷，”她觉得这么叫有点不妥，“我说，校长同志，大叔……”

“巴克。”校长大爷认真地看着眼前有点傻气的姑娘，“叫我巴克校长。”

“哦，巴克校长，我叫梁深晚。”她想到自己是来这里支教的，赶紧自我介绍，“您可以叫我梁老师。”

巴克校长眯了眯眼睛，不情不愿地说：“都说让你走了，又回来做什么？”

梁深晚抽了抽嘴，心想这老头真块硬石头。可是在别人地盘，她有了上次的教训不会再轻举妄动，于是好言好语地问：“对了，不是说还有一个跟我一起来支教的女孩子吗？请问……”她在心中猜测，那个人会不会真的是凌安知。

就在这个时候，方安呈急匆匆地从校舍那边奔了过来，她还没能从对那孩子的感情转变中缓过劲来，一时间并不想跟他搭腔。

但是没想到那孩子跑过来压根就不是找她的。

只见他红着眼眶冲过来，一把抱住巴克校长，哽咽着问：“我阿姨呢？”

“她走了。”巴克校长回，“不过，还有一个人……”

“不会的，她说过她不会离开克什村的。”方安呈好像听到了什么不得了的话一样，眼泪就那么吧嗒吧嗒地砸落下来。

梁深晚脑袋有点胀痛，原本对那小鬼已经一点好感都没有了，可又觉得他始终是无辜的，见他哭得那么伤心也有点于心不忍，蹲下跟他说："那，你不要哭了，我会帮你找到她的。"

"真的吗？"方安呈抬起头，泪光盈盈的眼睛里充满了期待。

梁深晚扭头不看他，心想，什么阿姨啊！妈妈就妈妈呗，凌安知这一出戏唱得可真是动听极了。

她原本以为这里偏僻没有信号，但没有想到，手机居然还能打出去。

现在她首要要做的是打通凌安知的电话，她觉得这一切凌安知都有必要给她一个解释。

但凌安知的电话依旧处于关机状态。

之后她打了梁家呈的，那边最开始还能打通，而后直接关机了。

巴克校长有话想说但一直找不到机会，看梁深晚终于停下了手上的动作，才开口说道："小梁老师，我想告诉你，方小姐虽然已经走了，不过……"

"方小姐？"梁深晚放下手中的手机，"不应该叫凌小姐吗？"

"我阿姨姓方。"方安呈大声纠正她。

梁深晚的心里忽然就那么轻了一下——原来不是凌安知啊。

她明显松了口气，和梁家呈有不正当关系的人不是凌安知，而是一个姓方的女人。虽然还是不能把她从父亲出轨的震惊中拉出来，不过这已经算是不幸中的万幸了。

可是，梁深晚还是觉得不对劲，那相机里的人明明就是凌安知，而且眼前这孩子的眼睛和凌安知很像，再说凌安知那些反常的行为又要怎么解释？

握在手上的手机忽然振动，她以为是凌安知或者梁家呈回过来的，低头一看，却是梁浅初。

这边刚接起电话，那边就心急火燎地开口："晚晚，出大事了。"

梁深晚心一紧，预感他应该是知道梁家呈的事了，可是梁浅初说的却是："妈被警察带走了。"

"什么？"梁深晚不敢相信。

"说她参与了一起药品走私案。"

梁深晚脑袋一晕，觉得要面对的境况远比她想象的要复杂，梁家呈这边还没弄清楚，怎么胡丹花那边又扯了进来。

"为什么会和妈有关系？"

"我也不清楚，一大早就有警察上门把妈带走了，我现在也要去做笔录。"

梁深晚心慌："这究竟是什么情况，我得到的消息不是这样的啊。"

"带走妈的警察说妈还参与了一起绑架案，说被绑架的人就是爸爸。晚晚，怎么会这样啊？"

梁深晚觉得脚底有些软，眼前的景已经不是来时的景，面前的人也不是看到的人，恍恍惚惚间，她觉得自己开始出现幻觉了。

她向来娇生惯养，从未经历过复杂的人事局面，心思单纯地以为这世界每天都是阳光普照，黑暗只存在于电影电视剧里。

她不觉得自己有足够的智商去应对接下来的事情，她心绪起伏，梁浅初还等着她的回答，而她知道，这件事情带给梁浅初的震撼绝对要比她大，她要安抚他，尽管她自己同样需要安抚。

“哥，没事的，你不要担心。”

“我现在要赶去警局了解情况，你自己多加小心。”梁浅初嘱咐了几句便挂掉了电话。

就在梁深晚没理清楚头绪一脸郁结的时候，一辆白色宝马车和一辆黑色越野车以肉眼可见的速度向他们开来。

方安呈本能地一闪身躲在她身后。

梁深晚收起手机，呼吸还没调整好，那车已经停在了她的面前。

从宝马车里下来的男人，头发整整齐齐地用发蜡固定在后面形成了一个大背头，戴着墨镜，穿着黑色的衬衣，领口骚包地开到锁骨下面。紧跟着后面的越野车里也出来了两个人，穿着整齐的西装站在前面男人的身后，样子看起来真是尴尬极了，又不是混黑道的，有必要搞这种排场吗，梁深晚心想。

“晚晚，”那男人取下眼睛上的墨镜朝她走来，一双细长的眼睛里有着诉说不尽的温柔，“害我好找。”

梁深晚无意识地护住方安呈，似乎并不想让洛长白看到他。

“你怎么来了？”尽管梁浅初已经提前告诉了她，可在这种地方看到洛长白，她总觉得不是什么好事，而且直觉告诉她，他一定不是单纯地来找她回去订婚的。

“想你了，来找你，不行？”洛长白再靠近。

梁深晚拉着方安呈后退一步，不带感情地尬笑：“那个，有件事，我一定要告诉你，就是……”

“嘘——”洛长白把手指放在唇边做了一个打断她那句话的手势，眼睛瞄向方安呈，“果然可爱得很啊。”

“你认识他？”梁深晚问。

“何止。”

方安呈见状又害怕地往梁深晚背后躲了躲。

现在梁深晚已经基本上可以断定，洛长白这个家伙跟那起走私一定有着不可分割的关系，来这个地方找她也一定是因为发现了她提供的项链是假的。

而他知道方安呈存在的这件事，更是说明前前后后所发生的事情，没有一件是巧合。

只是现在，梁深晚觉得无比羞耻并且无地自容。在洛长白面前，她向来是以盛气凌人的姿态面对他，可是现在仿佛被人抓住了小辫子一样，她再没了以往的气势。

“所以，你究竟是来做什么的？”梁深晚还是想让他亲口告诉她。

“说实话，”洛长白将目光重新转向她，“我从来没有想过，你对我竟能不耐烦到这种地步。为了逃婚，宁愿跑到这种犄角旮旯，来之前我一直在想要怎么惩罚你，可是啊，”他冲她微微一笑，“看到你之后，我还是于心不忍呢！”

“说重点。”梁深晚确实不耐烦，她能明显感觉到洛长白语气不似往常，但她现在无心深究原因。

“虽然你坏了我的好事，不过我毕竟是个有气量的男人，我那么爱你，自然是来给你送礼物的。”

说着，洛长白向身后的人示意了一下。

黑色的越野车门打开，那两个穿着黑色西装的人将车里的人拖下了下来。

一男一女被推搡到梁深晚面前，几乎是一瞬间，梁深晚立刻认出了其中的男人。

“爸！”

“阿姨！”方安呈也在一瞬间带着哭腔喊起来。

被拖下来的男人缓缓抬头，穿在身上的西装皱皱巴巴的，里面酒红色的衬衣更是连最上面的几粒扣子都没了，领带歪歪斜斜地挂在脖子上。他望向梁深晚，满眼风霜，一下子老了几十岁一样。

“爸，你怎么会在这里啊？”梁深晚走过去扶住他，“到底出了什么事？”

洛长白阴阳怪调地笑：“晚晚，怎么样，我给你的这个礼物，满意？”

“你离我远一点，”梁深晚怒目对视洛长白，“我现在不想看到你。”

“我走了，你怎么会知道发生了什么？”洛长白反问。

“我没有兴趣从你嘴里知道任何事情。”

巴克校长原本只是站在一边观望着不敢上前，但是看到梁家呈和女人，他立马上前问：“方老师这是出了什么事，不是说要回去了吗？”

女人低着头，帽檐很深的帽子拢住了大半的面容，她低声说：“对不起。”

巴克校长还没有反应过来，洛长白的人就冲上前把他推搡出了校门，并在那一刻将校门关上。

“你们做什么？”站在校门外，巴克校长愤怒地大声质问，“你们这是在犯罪，你们会受到神的惩罚的。”

洛长白的人在校门口齐齐地站着恐吓他。巴克校长憋红了脸，势单力薄到底还是有些心虚，他连连后退，扭身跑向村子里。

“现在，我只想得到我想要的东西。”洛长白走向梁深晚并扯住她的胳膊，“晚晚，我已经够意思了。”

“我这里没有什么是你的。”梁深晚挣开洛长白走到梁家呈身边，“爸，究竟发生了什么？为什么哥哥告诉我，妈妈参与了药品走私，她怎么可能会做那种事？你是被谁绑架的？为什么要绑架你？”

梁家呈嘴唇哆嗦了几下，望着梁深晚的眼神羞愧又悔恨，终于一声不吭重重地垂下了头。

“梁叔叔一定是羞于启齿的。”洛长白看笑话似的说道，“要是我的话，我也一定说不出口，特别是当着自己儿女的面。”

梁深晚看了一眼方安呈。此刻，他正安静地依偎在那个戴帽子女人的怀里，眼神却异常机敏地盯着洛长白，张开小小的胳膊以保护女人的姿态。

“是爸爸对不起你们。”梁家呈开口，但语气当中丝毫没有道歉者该有的谦卑，依旧底气十足，窘迫的现状根本掩盖不住他身上逼人的强势气质。

“是我的错，要惩罚也好要怎么样都无所谓，你放了他们。”那个戴帽子的女人抬起头打断他，双眼直视洛长白。

她抬头的瞬间，终于看清她长相的梁深晚忽然浑身一哆嗦，昨夜梦魇中清晰又真实的痛楚忽然重现。

女人咧嘴一笑，一张高清恐怖的脸赤裸裸地出现在阳光下，梁深晚惊愕得脚底一软，晃动着双腿不敢相信——那女人一张脸竟有完全不同的两半，一半完好，一半烧毁。完好的那一半脸上有一只好看的眼睛，烧毁的那一半脸上颧骨森白明晃晃地映到她眼睛里。

梁深晚倒吸一口凉气，眼睛一花，世界天旋地转。

第十四章

DISHISIZHANG

艳火

梁家呈被洛长白控制，尽管看起来是一种败北的落魄，可他的脊梁依旧挺得直直的。

他看着洛长白像个小丑一样在他眼前晃荡时，鼻子里发出几声轻蔑的冷哼。

正是那冷哼彻底激发了洛长白潜藏在骨子深处长达多年的怨念，他走上前出手扇了梁家呈一耳光。

梁深晚大怒上前跟洛长白争执，被洛长白一把推开，他语带讽刺：“亲爱的晚晚，以前是你不愿意嫁给我，以后就看我愿不愿意娶你了。不要再认为你是什么大小姐，等我们洛氏集团收了你们梁氏制药，你就会彻彻底底地成为丧家之犬。”

“我看你是大白天的就开始做梦吧。”梁深晚瞪着他。

“不相信？”洛长白得意地走到梁家呈面前，“你问你爸啊。梁叔叔可是为了情人不惜抛妻弃子的人，当年不是在南方建了一个无偿医院嘛，你也知道要不是因为你妈一把火烧了那个医院以此警告我们梁叔叔万不能再玩了，你爸早就把你们家败光了。”

梁深晚对那个医院有耳闻。当年那个医院刚刚建成，就发生了一起火灾，幸好没有人员伤亡，可她没有想到那火竟然是胡丹花放的。

“哎呀，你不知道吧，”洛长白指了指那个女人，“这就是你爸爸的情人方安忆啊，说到底你该叫人家一声小妈吧。”

梁深晚目光冷硬像石头一样砸在方安忆身上，尽管她看起来楚楚可怜，但那并不代表梁深晚会对她抱有同情心。

她脸上的烧伤肯定和当年南方医院的火灾脱不开关系，她之所以参与了这场阴谋，一定是她心中对梁家呈有恨才被人利用的，梁深晚想。

“梁叔叔真是狠心啊，当年要不是凌安知心善，你小妈还有你弟弟早死了。”

“你胡说些什么？”

“我胡说？为了替你们家保守这些乱七八糟的秘密，我可是费了好大的劲，你就不想想该怎么感谢我？”

梁深晚根本不愿意听他在那里胡言乱语：“洛长白，你快点放我们走，你知不知道你现在在做什么？”

“我在做什么，我当然知道。”

“你知道你在犯罪还不停手？”

“要说犯罪，你妈才是主谋！是她放火栽赃给她老公，是她害得凌安知的姐姐，哦，也就是你小妈万念俱灰地跑到这鸟不拉屎的地方一躲就是这么多年。是你妈亲手策划了这场交易，你知道她承诺了什么给我们吗？”洛长白疯了一般哈哈大笑，眼底是再也不加掩藏的欲望和贪婪，“你们梁氏制药的绝对股权，还有中东和非洲的药品市场，当然还有你。知道她为什么要这么做吗，这得多亏你爸爸对方安忆的念念不忘啊。”

“啧啧啧……”洛长白咂着嘴，再无半点往日的温文尔雅，“真是可怜，妈妈策划了这一切，闺蜜又亲自参与，未婚夫背后捅刀，梁深晚，我都有点同情你了。”

“还有你，”洛长白扭身指向方安忆，眼睛里骤然喷着火，“不是说希望梁深晚死吗，她现在就在你面前，动手啊！”

方安忆连连摆手，像是受到了惊吓一般远离梁家呈，嘴里还念念有词：“不是的，没有那回事，我我……我没有想让你女儿……”

“没有？”洛长白显然很失望，“没有的话，你怎么会让那些中东人劫持她，想尽办法把她引到这里来？”

“我我……我只是……我只是以为她来的话，家呈就一定也会来。”方安忆唯恐有人不信一样，“我后来后悔了，我派了人去接她走，班克尔镇的那个。还有我让巴克校长赶她走了，我让安呈告诉她不要来，是她自己，是她自己……”

梁家呈眼带愤怒地扫过去，方安忆赶紧低头。

“低下头干什么，啧啧啧，这脸毁成这样可都是拜他所赐，你还怕吓到他？难道你真的还爱着他？”洛长白一把将方安忆戴在头上的帽子掀掉，大力把她推到梁家呈的怀里，“你就该给他看，让他好好看看。”

方安忆惊慌失措地叫了起来，哆嗦着寻找自己的帽子。方安呈见状立马扑到洛长白身上，不分轻重地咬了起来。

洛长白痛得倒吸一口凉气，抬脚就把方安呈踢到了一边。

方安忆见状也不找帽子了，起身就去跟洛长白拼命。但她根本就不是洛长白的对手，没两下，她就被推倒在地。

“你这个贱人！”洛长白喘着粗气，“你活该！你这么个软柿子，别人不伤害你伤害谁，居然敢在关键时候放走梁深晚，还想把梁家呈偷偷送走，谁给你的胆子，啊？”

梁家呈动了动嘴皮，最终还是一言不发。

梁深晚感到浑身一凉，眼前的梁家呈突然让她觉得可怕。尽管方安忆的存在破坏了她原本以为平静又幸福的家，可那平静和幸福原本就是个假象。现在，梁家呈眼睁睁地看着自己曾经多少爱过的女人受到如此欺凌却不为所动，与其说这样的梁家呈让梁深晚感到害怕，不如说是让她觉得失望。

她走过去将方安忆和方安呈扶起。方安忆眼睛里全是恐惧，她手忙脚乱地护着自己的头顶，那里森然恐怖。梁深晚忽然觉得对眼前这个人激不起半点恨意。

“有意思啊。”洛长白看热闹一样鼓起了掌，“方安忆可是绑架你爸爸的凶犯，又差点弄死你，你们现在的关系发展可真是让人期待呢。”

方安忆哆嗦着跟梁深晚解释：“对不起，我不知道怎么就变成这样了，是安知说家呈要见我。他以前答应我在克什村建个小学给我的，我以为，我以为……”

“没用的东西！”洛长白看了看手腕上的表，自言自语，“叫你看着他，你居然敢给老子放走了。”

“所以现在，你是打算怎么处置我们？”梁深晚站起来直视他。

“你不妨猜猜看？”洛长白挂起一抹残忍的笑。

梁深晚轻笑几声，毫不示弱地直视他：“利用公益组织者的名义骗我来这里，在我的项链里动了手脚，交易的时候用到就可以栽赃给我们，如果成功，梁氏制药涉嫌走私，股价大跌你们趁机收购；如果没有成功就以此威胁被绑架的我爸强制转移股份。怎么样，所以你们成功了吗？”

洛长白随即眼神变得凶狠：“要不是你这个贱人给了假的项链，哪会有这么麻烦的后续。三番五次地戏弄那帮外国人，梁深晚你活腻歪了我可还没有，现在我们已经被他们盯上了，就算放弃回华城也可能死于非命。所以说，人是你惹的，自然要由你自己去灭火。”

“你想怎么样？”梁深晚后退。

“怎么样？当然是带着你去亲自跟他们交易了。”

“你别痴心妄想了。”梁深晚刚想远离他，他就上前一把抓住她的胳膊。他向身后示意了一下，那帮面无表情的西装男一拥而上。

“我不要报复谁了，求你放了我们！”方安忆像是失去理智一样趴跪在地上向洛长白磕头。

“放了你们？那谁放过我？”

洛长白正激动的时候，有人打来了电话。洛长白勾起嘴角一笑，按了扩音，电话里的女声凌厉，梁深晚一听便知是凌安知。

“洛长白，你这个白痴，你玩够了没有？”

“凌安知，注意你的措辞，你现在还没进我们洛家呢！”

“赶紧给我滚来西山，记得带上该带的东西。”

梁深晚双手握拳，恨不得透过手机把凌安知抓出来暴揍一顿。

洛长白挂了电话，似笑非笑地问：“项链呢？”

梁深晚知道如果没有项链的话，交易一定无法完成。她知道周湳浦一定会找到交易地点，会将洛长白还有那些恐怖分子抓捕。所以，她是不可能将项链给他们的。

“你休想从我这里拿到任何东西，中东也好非洲也罢，你们想要梁氏制药就用你们自己的名义，是偷还是抢是你们的本事，但想让我们给你们背锅，你别痴心妄想了。”

洛长白大怒：“你想死是不是？”

“啊——”

突然，他们身后传来了一声歇斯底里的呐喊。

众人顺着声音寻过去的时候，只见方安忆站在风中，举着打着的火机，她站在那里摇摇欲坠，那半张还完好的脸上依旧有着美人昔日的光彩。她潜伏在岁月的暗处，身上和心里早就千疮百孔，眼前的纷争和纠葛于她而言再无意义。

梁家呈像是知晓她的举动，终于撕心裂肺地喊了一句“不要”，但一切都晚了，火机落到校园围墙边葡萄架下厚厚堆叠的干草料上，草料瞬间烧着。西风吹来，燃着的干草料四处纷飞，落到半木结构的窗子门墙上，噼里啪啦地将它们一并点燃。

方安忆转身静静地钻进一间已经烧着的教室，隔着火海看着梁家呈那疯狂而愧疚的面容，时隔五年，她终于舒了口气。

当年她还是安兴公益的负责人的时候，梁家呈是何等风流倜傥的青年才俊名企总裁，他来到她策划的慈善晚宴，眉目舒朗轻和。她见着他的第一面就沦陷了，她说她不要名分，她只要一个无偿医院和一所希望小学。

他说她贪心，但还是依了她。

医院的那场火，她知道不是他放的，但他知道她在里面，却依然由着胡丹花。她心里恨了五年，直到凌安知找上她说要替她报仇，而实际上，她最终想要的也只是见他一面而已。

可是转眼，是方安呈不顾一切冲向她的小小身影，他在梁深晚的桎梏中拼命挣扎，小小的脸上全是震惊和泪水，他冲她喊：“妈妈！”

四周大火渐起，方安忆只觉得内心的痛甚至盖过了被大火烘烤的皮肤之痛。那是她的孩子，她从来不让那孩子知晓自己的身份，这么多年，她都是叫他喊自己阿姨，可是聪慧的他是知道她就是自己的妈妈，乖巧的他从没有拆穿过她……这是他第一次叫她妈妈，在她决定终结自己生命的时候……

五年前她就应该死在那场火里，可是她顾念怀中刚刚出生的孩子依旧苟活了这么久。要说这世上啊，还有谁让她放不下，就只有那苦命的孩子了。

不过，当她看到梁深晚不顾一切地将冲进来的方安呈救出去的时候，她对生命最后的那点留恋也就结束了。梁深晚一定会照顾好他的。

这一生就这样吧。她闭上眼睛，觉得浑身疲惫散尽，眼前一片光明。

第十五章

DISHIWUZHANG

西塞

周湳浦那双骨指修长的手覆在方向盘上，手背的青筋鼓得很高，紧皱着眉目视前方，风从耳边刮过，让他的心绪变得更加焦急慌乱。

距离克什村越来越近，他心中不好的设想也在一点一点放大。

拐过了一座碎石山，克什村就在眼前了。不似往常平静又沉重的黄天厚地，眼前的景象着实有几分骇人。

只见漫天火红的光伴随着摄人心魂的叫喊向他们传来，浓烟像恶魔一样吞噬着眼前的方圆之地，并且正以迅雷不及掩耳之势向更遥远的地方延伸。

宋西西惊讶地望着大火翻滚的地方一句话都说不出来，他扭身看向同伴，左引和于丁宝脸上的震惊一点都不比他少。

周滳浦就不用说了，宋西西明显地感觉到身体被腾起了好几下，开车的人不仅将油门踩到底，以最快的速度走最直线的距离向火源开去。

再近一点的时候，周滳浦踩了刹车不待停稳就一脚踢开车门直奔火源处。

三人紧随其后。

克什村小学笼罩在一片火光之中，村里的人排着队拿最原始的盆和桶围在村子唯一的水井边打水扑火，现场一片混乱。

周滳浦双眼通红，拨开人群，四处寻找梁深晚。

村子里的精壮男人拦下不顾死活要往火堆里闯的周滳浦，嘴里用维语快速说着什么。

见状，左引赶紧示意宋西西和于丁宝去把周滳浦拉回来。

火势越来越难以控制，干朽破旧的克什村小学一点点地被火光吞灭。

校门口，巴克校长正组织村子里的人有条不紊地救火，见到周滳浦四人眼露不悦，朝他们走过来就是赶他们离开。

“我们是……”

“是什么也不行，请你们离开。”

“我们是来帮忙的。”宋西西回。

巴克校长满脸怒意地朝他们大吼：“不需要，我们不需要你们的帮助，你们这些野蛮人！”

推搡当中，周滳浦余光瞟到了跪坐在校门口满脸狼狈和绝望的梁家呈。尽管他已经不是多年前见过的样子了，可他是梁深晚的父亲，他们有着相似的长相，就算年岁再大，周湳浦还是一眼就认出了他。

现在他佝偻着脊背，全身止不住地颤抖，头深深地垂着好像下一秒就要磕到地上，一张脸因为极度悲伤五官已经扭在了一起，张大了嘴巴哑然哭泣，口水鼻涕混合着眼泪横在他脸上，一点也没有曾经以往威风儒雅的模样。

他这难过的神情让周湳浦的心脏突然悬空，由不得任何思考地推开了拦着他的人飞奔到梁家呈身边。顾不得多年未见的嫌隙，也没有心思寒暄打招呼，他直奔主题地问："阿深呢？"

梁家呈双手抠进了泥土里，满眼绝望，难过得好像失去了听觉，额头上的青筋仿佛下一秒就要破皮而出。

"我问你话，阿深，梁深晚呢？"周湳浦赤红着眼睛，抓住梁家呈的肩膀摇晃，他心中有一千个一万个恨想要向梁家呈表达。

巴克校长见状折身来到他们面前，推开周湳浦："你干什么？"

"校长,那个前天跟我一起来的姑娘她……她……她是不是在……"周湳浦指着火光肆意的小学，嘴唇颤抖得连完整的话都说不出来。

"你要找的那个姑娘不在这里，你们赶紧走吧。"巴克校长催促。

就在周湳浦即将开始下一波发作之前,宋西西一步上前将他制止了:"我们都打听了，火灾发生之后梁深晚被带走了。"

"被谁带走了……"周湳浦抬头，眼底是一片嗜血的红。

"路上再说。"宋西西将刚收到信息递到周湳浦眼前，"你的猜测是对的，交易的另一方的确是来这里找她了，我们还是晚来了一步。”

周湳浦接过宋西西递来的东西，深吸几口气，努力压制住心底骇人的冲动，冷着脸站起来，“这次确认了？”

宋西西点头：“陈大队亲自发来的消息，准确无误，最终交易地方定在西山，只是……”

“说。”

“西山今天有一场地质活动，如果探测无误的话，”宋西西咬了咬牙，“是火山爆发。”

周湳浦双手握拳，不再有一丝犹豫，朝越野车大步走去。左引将没吸完烟丢到地上用脚踩灭，不等周湳浦坐上驾驶室，他就率先一步坐了进去。

“你胳膊上还有伤。”周湳浦提醒。

左引不看他：“上车，那点小伤对我来说算不了什么，倒是你，跟丢了魂一样。”

于丁宝和宋西西不作声，周湳浦闷声坐上副驾，四人奔向西山。

身后的火势渐渐控制，浓黑的烟尘还在肆虐，跪倒在地的那个男人终于瘫软在这炽热的土地之上……

同样奔驰在去往西山路上的还有洛长白的两辆车。

白色宝马车后排，梁深晚抱着昏迷的方安呈，白皙的手背上一道道被火灼烧过的烫痕看起来十分醒目，她两眼淌着泪，头发被火燎了一层，浑身上下散发着一股烧焦的味道。

而最折磨她的并不是手上钻心的疼痛，而是不久前方安忆纵身跳进火海的那一刹那……

方安忆仰天大笑，本来就烧毁的那半脸上的痂被撕裂开，猩红的鲜血流淌在她脸上，她清瘦的身体就在那瞬间如一只轻盈的鸟扑向冲天的大火，火在一瞬间似乎烧得更加旺盛……

那鲜活的生命前一秒分明还在跟梁家呈对话，还在问“这么多年，你想过我吗”，得到肯定回答后，她笑着说“我们两清了”；可后一秒就不管不顾地奔向了生命的绝境。究竟是多绝望，才能让她做出如此决绝的行为来。

耳边还回响着方安呈声嘶力竭的叫喊声，他呼喊着“阿姨不要”，当方安忆彻底倒在火海中的时候，方安呈不顾一切地想要冲过去，对着死死阻拦他的梁深晚又打又踢，稚嫩的童声带着绝望的凄厉，他一直在喊着“妈妈”……这是他此生第一次开口叫那人妈妈，没想到竟也成了诀别。

方安呈那绝望的眼神，压得梁深晚喘不过气来。

更让她喘不过气的是，她没想到前前后后策划了这一切的人，居然是她喊了二十多年的妈妈……

西山顶上的雪，皑皑入云，高得让人望尘莫及。

车还未完全抵达，一股高寒就扑面而来，梁深晚下意识地抱紧了方安呈。

那孩子终于挣扎开冲进火海里的时候被掉下来的梁木砸中了，同时呼入了大量的浓烟，现在还处于昏迷状态。梁深晚请求洛长白先把他送去救治，可是洛长白无情地拒绝了，还把他一并扔进了车里，然后被拉来了这西山高寒之地。

“长白，”梁深晚冷静下来望向坐在副驾上的洛长白，“回头吧。”

洛长白梳在脑后一丝不苟的头发现在已经凌乱地散在额前，这样的他看起来就少了几分凌厉。

“回不了了。”他望着山跟前那栋简易小屋。

“你别疯了。”梁深晚红着眼，“不要说我根本就不会配合你们，就算你们强迫我帮你们完成了交易，也会有人来阻止你们的。”

“你说的是你的旧情人，周湳浦吗？”

梁深晚没有想到那个人的名字会从洛长白的嘴巴里说出来。分开的这两天，遇到了这么多糟心的事，她都努力克制着自己不去想他，在最脆弱无助的时候甚至没有产生过希望他在身边的想法。不知道是从哪一刻开始的，她突然顿悟到，与周湳浦的每一次分开都将有一半的几率是死别。他绝尘而去的背影里包含着难以预测的凶险以及可能再也回不了头的可能。而这一次，把他推往凶险之地的人，正是她自己，尽管不是出自本意，可是却和她有着密不可分的关系。

深陷自责与茫然之中的梁深晚，委屈和无奈压抑了这么久，所以当她听到周湳浦那三个字之后，瞬间崩溃了。

洛长白嘲笑："多年不见以为他变得多厉害了，还不是被我们耍得团团转！不过这都得多亏了你啊，要不是你，我们怎么有幸能够见到他们的真身。"

"你等着看吧，阿湳一定会把你们统统都抓起来的。"

开车的人一个急刹车，将车停在了前来接应他们的人面前。

洛长白将散在额头前面的头发再次撩到脑后，扭头恶狠狠地盯着梁深晚的眼睛说："好啊，我等着。"

被洛长白手下的人拽出车的时候，梁深晚一个趔趄差点没摔倒，站稳后发现自己面前站了一个人，抬头一看，正是那个说去了非洲做志愿者的凌安知。

虽说已经知道凌安知和此次活动有关，可现在真人就站在她面前，一点回转的余地都没有留给她，无疑是在她脸上重重地扇了两耳光。

她以为凌安知就算是顾及两人不算浅薄的情谊也会对她稍微客气一点。可是她错了，凌安知仿佛变了一个人，那双漂亮的眼睛里是她完全不熟悉的内容。

凌安知甚至没有看她一眼，绕过她径直走到洛长白的面前，大声呵斥："你玩够了没？"

"你丫少跟我在这里狐假虎威，你现在半只脚都没有进我们洛家，神气什么啊你？"

"神气什么？"凌安知嘲讽，"要是没有我，你洛长白今天是副什么样子你心里没点数吗？"

洛长白恼怒："没有你，老子也还是洛家大少爷，洛氏集团未来的继承人。"

"嗬！"凌安知像是听到了天大的笑话，"是草包富二代吧。就你那点智商，还继承人？对了，那个女人，"指了指梁深晚，"大概还不知道，你那博士学位都是我在后面给你当枪手替你考来的吧！"

那女人？梁深晚的心彻底凉了，几天不见而已，自己就变成了"那女人"，这世间的大多数感情果然都经不起深究。

"她知道了又能怎么样，"洛长白不服气，"还不是得乖乖嫁给我。你不过就是个上位不成功的小三的女儿，你还真以为这次交易成功后，我爸会认你，以后改凌姓洛？呵呵，你不要再痴心妄想了。"

"洛长白！"凌安知咬了咬牙，"你信不信，你会死得很惨？"

"哟哟哟——我好怕啊。"洛长白不屑一顾地冲她竖了个中指，一把抓过愣在那里的梁深晚，"项链给我，否则，我会把你弟弟扔到悬崖下面。"

梁深晚咬着嘴唇不说话，凌安知走过去："你走吧，她交给我。"

"交给你？"洛长白不信任她，"我怎么知道你不会跟你姐姐一样，中途把人给放了。"

"你放心，我对她没有那么深的感情，比起能够名正言顺地成为洛家的女儿，其他事与我何干？"

这句话犹如一棒打在梁深晚心头，她自嘲地笑了起来，心里已经把自己骂了个死，嘴上却一句话都说不出来。

凌安知眼睛扫到车里昏睡着的方安呈，有一瞬的温情闪过，但很快就消失了。

“别挣扎了，交出来吧。这场交易不只是我和洛长白，还有你妈妈，这是她亲手策划运转的，要是完成不了，你们也不会有什么好结果，中东那边的人是不会放过你们的。”凌安知明显想动之以情晓之以理。

“你姐姐已经死了。”梁深晚不看她，说出这些话的时候还指望着能挽救她那颗已经死掉的良心。

凌安知顿了一下，但很快恢复成无所谓的样子：“她死不死，跟我有什么关系，我只关心我自己。”

“是吗？”梁深晚望向她，“这么不关心的话，你眼红什么？”

“哈哈……”凌安知突兀地笑起来，“与其关心我为什么会眼红，不如关心关心要是交易完不成，你们一家会遭遇什么才对吧。”

“我妈已经被警察带走了，你以为你们还能挣扎多久，就算交易成功了，你们得到了想要的东西，你以为你们最终能逃过法律的制裁吗？”

“那是以后该考虑的事情。”凌安知凑到她耳边指了指后面的木屋，“我已经上了贼船，下不来了，如果不把药品给那帮中东的人，我们都得死。”

“那就死啊。”梁深晚忽然一笑。死了，至少周湳浦不用再冲上来拼命了，至少不用再去面对这让她无法接受的一桩桩、一件件狗血的事情了。

“梁深晚，”凌安知咬牙切齿，“不要这么无所谓，你是过惯了好日子的娇小姐，我不一样，我生来就被人喊小三的女儿，受尽白眼，你以为我想进洛家真的只是贪图他们的财富吗？”

“难道不是吗？”

“是，但不全是。我付出了这么多的努力，我帮洛长白考试，为的就是有朝一日能够光明正大地站在洛家大宅里，扬眉吐气！我有什么错，你不是我，所以你不要站在你的世界里看我。”

“那还真是辛苦你了。”

“你少跟我在这里出言讽刺，你还没有资格。”

“你杀了我吧，或者让对方杀了我也行，但想让我交出项链，别做梦了。”梁深晚坚持。

凌安知大怒：“你别以为我不敢。”

“我当然知道你敢。我们认识这么多年，你凌安知想要的东西从来都是不择手段，我对你比你想象的还要了解，你不信吧。”

凌安知愣住了，她没有想到梁深晚会说出这些话。在她心里，梁深晚一直都是一个无脑大小姐，除了喜欢周滳浦这件事认真过，其他时候总是一副没心没肺的样子。

和她成为关系不错的同学，也仅仅只是因为她学习够好，梁深晚能抄她的作业，甚至在追求周滳浦这件事上，她也一直充当着狗头军师的作用，她甚至从没想过梁深晚会真的拿她当朋友。

所以她问：“那你说说看，你对我有什么了解。”

梁深晚冷哼一声并没有作声，有些事情过去了自当是过去了，再拿来说一是没有意义，二是徒曾伤感。

梁深晚还记得高中的时候，有一次下课她去了教师专用的厕所，没想到凌安知也在里面。她清楚地听到凌安知跟另外的同学一起嘲弄她是绣花枕头一包草，好骗得很，只要随便夸她几句，或者让她抄抄作业，她就会给她很多好处。

梁深晚躲在那间厕所后面，似有乱箭扎心。

把好心当成了愚蠢，梁深晚真的是长见识了。她该生气吗？当然应该！她甚至想过从此以后要把凌安知踢出自己的生活圈子，要她有多远滚多远。但当她看到凌安知在大冬天的中午还抱着早上吃剩的冷馒头啃的时候，她还是把陈阿姨给她送去的午饭分给她一半。

你说有些人愚蠢，其实你不知道的是对方早就洞察了你的举动，不拆穿大概是对方为你保留的最后善良。

见梁深晚不说话，凌安知自顾自地笑了笑，之后便一把将她推进了小屋。

光线不是很充足的屋里充斥着一股霉气，暗淡潮湿的地面上长着细小的青苔。

梁深晚从地上爬起时方安呈也被丢了进来，小小的身体撞击在坚硬冰凉的地板上发出了“咣当”的声音。

她难以置信地看着眼前连自己亲侄儿都如此对待的凌安知，无论如何都不愿承认，她竟是当年那个虽说有点心机，但本质并不坏的凌安知。

“你疯了吗？”梁深晚赶紧抱住方安呈检查他有没有伤到，“他是你姐姐的孩子，也是你的亲人，你怎么下得去手？”

“亲人？我受苦艰辛度日的时候他们在哪儿？”

“那是你自己的选择，凌安知，你从来就不知道满足。”

“满足？好啊，那把你所拥有的一切都给我，给我我就收手。”

凌安知以为那样威胁梁深晚就能让她闭嘴，但没有想到，梁深晚只是冷笑一声，继而回答：“好啊，都给你，你收手。”

那语气并不敷衍，虽然不是经过深思熟虑之后的回答，可梁深晚的诚意全写在脸上了。这下轮到凌安知不知所措了，她慌乱地后退，不敢直视她的眼睛，继续发狠：“这话你现在自然舍得说，毕竟你现在根本就什么都没有了。你妈为了惩罚你爸，已经决定要把公司并给洛氏集团了，你还有什么啊！我们之所以这么拼命地想要完成这场交易，你以为我们能得到什么？不过就是交易完成以后，你爸会失去一切。你项链里全都是你爸爸的信息，不管他在不在场，交易都是由他来完成的，是你妈想要毁掉你爸的。”

“你真觉得，我妈会那么蠢？”

“蠢不蠢，你作为她女儿肯定是更清楚不过，不过我现在没有工夫跟你说这些了，把项链给我。”

“你休想。”

“无所谓啊。”凌安知提起方安呈就往门外走。

“你要做什么？”梁深晚见状扑过去一把抱住方安呈。

“反正交易完成不了，也是个死，不如就让他现在去找他妈妈好了。”

“你脑袋不是被门夹了吧？”

“给你最后一个机会，项链！”

梁深晚咬了咬嘴唇，本想誓死不从，可她却害怕自己再次僵持下去方安呈真会成为这群残暴之徒的牺牲品。按理说他是梁家呈在外面的私生子，生死和她无关，可亲眼见证了那孩子母亲死去的过程，她总觉得自己有必要对他今后的人生负责，至少不能眼睁睁地再看着他被伤害。

她将马丁靴脱掉，把绑在脚踝上的“蓝瞳”取下递给凌安知。

“安知，这是你最后的机会了，现在放弃还来得及。”

“来不及了。”凌安知拿了“蓝瞳”就冲出了门。洛长白走过去跟她说了什么之后，两个人带着所有的手下站在路边，面容庄严得像是在迎接什么重要人物。

梁深晚小心翼翼地将方安呈抱在怀里，伸手探了探他的呼吸，有些微弱。他额头被砸的地方肿起一个包，破皮的地方血已经凝固了。

她心里不是滋味，从洛长白那里得知凌安知的真实身份——洛长白爸爸的私生女，方安忆同母异父的妹妹。一直得不到洛家的认可，又进不了方家的门，有着非常悲惨的童年生活。

梁深晚自认为待凌安知不薄，尽管知道她对她并非真心，那么多年也没有拆穿过她，知道她家境不好甚至偷偷接济过她。可是人果然不是真心就能换真心，一块石头，你就算是把它焐热了，又能有什么意义呢。

她现在只希望他们口中所谓的交易能快点结束，然后带着方安呈去找医生。就算和凌安知有着惊人相似的出身，她想她也有义务让这孩子不要重复凌安知的命运。

日落时分，从遥远的山对面大张旗鼓地奔驰而来了几辆大越野车，车轮碾过碎石的声音清晰可闻。

梁深晚探头去看，从车里出来的人个个身高体壮，一眼望过去长着差不多的眼睛和鼻子，而那些人她很熟悉——和第一次她被挟持时的人一样。

只是这一次，他们的人多了些。从中间的车辆里出来的男人，穿着西装，有双碧蓝的眼睛，留着细碎的胡子，身形高大，如果不是坏人的话，还能用英俊来形容。

凌安知和洛长白在他们面前，立马卑躬屈膝地弯着腰对话，然后像是得到什么指令的样子迅速转身朝屋里跑来。

梁深晚下意识地想找地方躲起来，但是四顾之下却无处藏身。

门被“哐当”一声推开，凌安知冷硬的声音响起：“放下他，跟我出来。”

“安知，我知道你有不得已的苦衷，但是你停下来吧，阿湔他很快就会来。你相信我，等我们回了华城，我会替你作证，你会没事的。”

“别废话了。”凌安知压低了声音，“你看看外面的那些人，就算是来十个周湔浦也未必有用。你现在要是乖乖配合，赶在周湔浦来之前完成交易，让他们带着东西离开，总好过让周湔浦跟他们正面交火，到那个时候，谁生谁死，你说得好？”

梁深晚没有想到这一层，但她知道周滳浦他们的行动小组，通常只有四个人，就算是加上关咲也只有五个，可对面来的是十多个看起来经过专业训练的职业杀手，周滳浦他们的胜算确实不好说。

凌安知对梁深晚的软肋把握得相当准，趁她犹豫间，伸手一把拽过她就往外拉。

雪山之巅温暖的春天还没有到来，晃眼的白雪映在梁深晚的眼里，她站在那些人的对面，中间隔着不过几米的距离，她像是听到了谁在喊她的名字。

她扭头往后看，只见有红色的光点从背后的山体发过来，当下山风刮过脸庞，她感受到了难以言说的滋味，惶恐又安心。

第十六章
DISHILIUZHANG

破镜

不过是一瞬间的时间，梁深晚都来不及仔细地回味，耳后就响起了枪声。

正在交易的双方惊慌四散，梁深晚看着凌安知收回了项链的坠子，跟着大松一口气。

十多个中东彪形大汉纷纷从车里拿出型号吓人的武器开始找掩护位，一场战争眼看就要拉响。

洛长白吓得赶紧蹲在了一辆越野车后面，凌安知趁机退到梁深晚身边，对她说：“快回到屋里。”

“那你呢？”

“我得把坠子交给他们。”

“你疯了？到了现在你还要执迷不悟？”

“没时间跟你解释了，滚进去。”

被凌安知一推，梁深晚踉跄着摔进了屋里。

方安呈这个时候不知为何突然开始抽搐，梁深晚大惊之下只好抱住他藏在角落不停地唤他的名字。

蹲在西山半山腰丛林里的行星四人组此刻正分布着各自的任务。

队长：“Saturn（于丁宝，狙击手），你留在此地破坏他们的主要力量之后下山；Mercury（宋西西，信息员），你配合我先一步下山；Mars（左引，副队），你掩护我，如我有不测，你指挥接下来的行动。”

三人齐回：“收到。”

于丁宝很快就找到了最佳狙击位置，从望远镜里观察敌方的力量分布。

西装男嘴里骂骂咧咧地一把揪住躲在车身后的洛长白，洛长白吓得惨白着脸举起双手直呼凌安知的名字。

凌安知上前解释，西装男一巴掌扇到她脸上。凌安知被这个巴掌直接扇到地上，西装男趁机弯下腰去拿她手中的项链，也就是开启药箱的钥匙。

于丁宝瞅准时机扣下扳机，子弹脱离枪膛，瞄准的是西装男的手。

刚拿到项链笑容还乍现在脸上的西装男，下一秒就被子弹贯穿掌心，一股殷红的鲜血如线状扑出……西装男沉着脸在同伙的掩护下赶紧躲藏起来。

中东这方的狙击手立刻找到子弹来源的坐标，反应迅速地回击。

就在敌方的狙击手调整枪口位置的时候，于丁宝嘴角勾起胜券在握的笑容再次扣下扳机，子弹穿透空气，以肉眼无法捕捉的速度飞向敌方狙击手的心脏。

敌方狙击手额头冒出一层细密的汗珠，眼白上爬满了红色的血丝，下一秒，他放在扳机上的手颤抖两下，终于脱力向后仰去。一秒之间，活生生的一个人变成尸体一动不动，血从他身下流出，染红了雪山脚下的碎石。

凌安知这才开始感到害怕，握着坠子的手不住地颤抖。她努力让自己的呼吸不那么急促，努力让自己不发出任何声音以免暴露。

双方的战斗越来越激烈，充斥在她耳里的是炸裂的枪击声和子弹入肉的沉闷声。

周湳浦顺着事先准备好的绳索开始往山下速滑。

往日沉寂的西山，在这个时候火光交错、枪声嘈杂，万鸟鸣叫着四散开去。周湳浦双脚钩着绳索，单手抓在上面，腾出右手拿着手枪向目标射击，一路伴随他的是呼啸而来的枪林弹雨，好几次他险些中弹。

梁深晚抱着抽搐的方安呈蜷缩在小屋的角落。这一路，枪声她不是第一次听，可现在外面是她没有见过的场景，她害怕伤痛，也害怕死亡，所以她恨不得钻进泥土里。

门口冲进来两个手拿武器的境外武装，一边朝外面开枪一边退到屋子里。梁深晚试图再朝后退，但身后是坚硬的墙壁，她无处可去。

那两人一步跨进屋子，粗鲁地抓起方安呈朝一边丢去，方安呈在地上抽搐得更厉害了。梁深晚见状赶紧朝他扑去，但被人一把抓住头发给拖了回来，有人一脚踢在她胳膊上，那一瞬间她疼得眼泪都要出来了。

钻心的疼痛从胳膊蔓延开来，提醒着她现在的处境。屋外，枪声仍在继续，她抿着嘴，心里的畏惧突然就减少了很多。她像被逼急的兔子，迅速起身在那两人还未对她做出下一步行动之前抓起身边的破椅子就朝他们身上抡去。

但她根本就不是那两个人的对手，还没有打两下，手上的东西就被夺下。响亮的耳光在她脸上留下痕迹，嘴角被自己的牙齿磕破，血腥味缭绕在舌尖和口腔。

“我跟你们拼了。”梁深晚又是掐又是咬开始了小人物式的自救。

那两人可能是不想恋战，拦腰将梁深晚扛起，大步朝屋外跑。

屋前的平地上枪声骇人，西装男的人绝对不是吃素的，他们不仅枪法精准，有组织有纪律，而且智商也不低，在成为犯罪分子之前想必都是经过了绝对严苛训练的。

那两人一人扛着梁深晚一人掩护着朝前面停着的越野车跑去。梁晚深头痛欲裂地被倒挂着，她看到了洛长白正在帮他们打开车门，凌安知已经坐在了车上。

如果她就这样被塞进了车里，想必他们一定会趁乱离开这里，转移交易目的地，或许根本不再需要交易目的地，有了所有交易的条件，他们在车上就能完成。但是身后在为她拼命的人就会扑空，他们的冒险和伤痛就没有意义了。想到这里，梁深晚开始了玩命挣扎。

她一口咬住扛着她的那人的脖子，牙齿深深扎进那人的皮肉里，痛得那人一把将她扔开。

她重重地摔到地上。倒地的那一刻，她的头撞到了碎石上，钝痛和眩晕伴随着脑后液体汩汩而出的感觉一并到来。

她浑身一软，绝望攀上心头——啊！是脑浆出来了吗?

被她咬的那人来了脾气，红着眼龇牙咧嘴似乎想要当下解决了她，只见他抬起穿着笨重马丁靴的脚向她重重踩来。

梁深晚在心底绝望着，她知道周湳浦就在这里，可她还没有看到他，就这么死了那该是多么不幸。

然后就在那人的脚底离她只有分毫之近的时候突然停住了，随后以脚跟为原点形成九十度角的趋势背离而去。

只听“扑腾”一声，他向后倒去，梁深晚回神，有人向她奔来。

沉重的脚步腾起细微的尘粒在她眼前飞起又落下，那人的身影越来越近，近到眩晕当中她都闻到了他身上淡淡的高山松木的味道。

她猜得没错，她的周湳浦来了。

他那张轮廓鲜明、冷峻又严肃的脸出现在她的面前，好看的眼底似有暗流正在涌动，高挺鼻梁下薄薄的嘴唇正一开一合地在跟她说着什么。

她听不到，她耳朵已经被嘈杂的枪声震得暂时失去听觉了。可她心里很高兴，好像不管接下来还会再发生什么，她都不会再害怕一样。

周湳浦一把将她抱起，往小屋里退。

对方的火力全部集中在他身上。

周湳浦单身射击，梁深晚全部的重量都依附在他身上，反抗确实是困难了些，但除了主动攻击，这个时候防守和躲避显然更有用。

短短几米的距离，周湳浦走得非常辛苦，梁深晚不知道什么时候伸出了手攀在他的脖子上，微弱的呼吸洒在他的颈间。那一瞬间，他真的很想双手将她搂住，摒弃所有的生死，只在那一刻，只有他们俩。

所幸，于丁宝和左引也下山来到了平地，掩护着周湳浦将梁深晚送回了小屋。

屋内地上的方安呈已经停止了抽搐，现在一动不动地躺在那里，半睁着眼，像死了一样。

周湳浦放下梁深晚，才发现她现在已经满脸是血，但脸上却异常奇怪地挂着笑，肿着的脸笑起来很丑……

他捧起她的脸，用袖子将血给她轻轻擦了去，试图跟她说话。梁深晚意识并不模糊，只是耳朵一直嗡嗡响，看着他的嘴一张一合可是她却什么都听不到。

她急得使劲晃动着脑袋想要听清楚，下一秒突然被周湳浦搂进了怀里。她的脸贴在他的胸口，他身上清淡的松木味悠然入鼻，耳边传来了细微的声响，之后，那声音越来越大，直到她辨别出那是他强有力的心跳。

她叫了一声“阿滴”。

周滴浦闻声松开她，视线交织的闭塞空间里，他捧着她的一颗心再也不想放开。身后的屋外响彻震天的混战要是不关他的事该多好，要是这只是一个常规演戏，甚至只是一个电视剧的片段也好啊。

可他是军人，身上背负着国家的荣誉，他不能弃他的兄弟战友于危险中而不顾，他得出去和他们并肩作战。

“必要的时候不惜牺牲自己的生命”——这是他来到“天鹰”时对组织宣的誓，他的生命早就交付给国家了，不属于他亦不能给她。

痴缠越久不舍越深，他俯身亲吻了她的额头便毅然转身出去。

梁深晚靠在冰凉的墙上，手心里的温暖溜走的时候，她睁大了眼睛，全身痛得让她不能动弹。她目所能及的地方，子弹正非常不长眼地擦过周滴浦的身体，他连眼睛都没有眨一下，露在空气里的那截手臂上已经沾满了鲜血，骨指修长的手上一把短枪被他紧紧握着。

终于眼眶再也兜不住那些眼泪，像决堤的洪水冲出堤坝一样流了出来。她望着在枪林弹雨里穿梭的他，那双初次相见时好看的眉眼此时此刻就像是滚烫的朱砂烙在她的心头，疼得她连呼吸都很艰难。

凌安知见势不妙，已经悄悄从车上下来，趁着混乱回到了小屋。见梁深晚满身血迹地靠在墙上，她本能地跑了过去。

不得不承认，在过往的岁月里，她嫉妒梁深晚，嫉妒梁深晚生来就不用为生活忧愁，嫉妒梁深晚不学无术身无长处还能被最优秀的人爱。

凭什么啊，各个方面都不输梁深晚的自己，为什么什么都没有。

这些年潜伏在见不得光的地方做着见不到光的事，并不是她愿意啊，能做好人谁愿意去以身涉险。

可是她没有办法。她不想继续过那种盼不到天亮的日子了，洛长白的爸爸也是她的爸爸已经答应了，只要能拿到开拓中东和非洲市场需要的军火，能拿到梁氏制药的绝对股份，她凌安知以后就是洛氏集团的半个继承人。

她为此付出和花费的是整个漫长的青春，现在就算还有百分之一的希望，她都不可能会放弃。放弃就意味着她得重新回到过去生活过的泥沼，放弃就意味着这些年的屈辱都白费了，放弃就意味着往后的人生会陷入无尽暗黑的循环当中。

她不要！就算明明知道了这样做会出现最可怕的后果是什么，可万一呢，万一她能侥幸脱身呢。已经到了这一步，她凭什么要放弃呢，她没有放弃的理由！

梁深晚是交易的关键，光有项链还不够，还需要她的血去换取开箱密码。项链坠子里的信息只能到达换取开箱密码那一步，只要把梁深晚的血滴到相应的地方，读取到了和她基因相匹配的信息，开箱密码会自动呈现。虽然不知道作为母亲的胡丹花为什么要拿自己孩子的生命做筹码，可是人心险恶，她根本就懒得去深究那些。

西装男那边已经准备就绪，只要把梁深晚的血带走，她后面是生还是死，都与她无关。

凌安知掏出面巾纸擦拭梁深晚脸上的血，可对视上梁深晚那双眼睛的时候，不知道为什么心里的难过突然自动放大，眼泪唰地就流了出来。

尽管不想承认，可是啊，在她活着的这二十多年时间里，梁深晚的的确确是唯一一个对她好过的人。就算在她的理解当中，那种好只是强者对弱者的炫耀或者是怜悯，可即便如此，也只有梁深晚在她曾经孤独冷寂的岁月里确确实实地温暖过她。

犯罪这条路，只有零步和无法回头，一旦踏上去就停不下来，想要的东西越来越多，心变得越来越大，越来越难以满足。

她不能对梁深晚心软，对梁深晚的心软就是把自己推向深渊的开始。

她咬了咬牙，抓着沾满血的纸巾转身准备离开，但脚步还没有开始往外迈，头顶就传来了“轰隆”声。电光石火间，没有梁木的小屋以肉眼可见的速度往下崩塌。

凌安知几乎是下意识地扑向方安呈将他抱在怀里，再转身，坍塌下来本应砸向他们的房板正被梁深晚死命地用双手往上举着。

她看呆了，她从没想过娇生惯养的梁深晚能做出这样的举动。

梁深晚脑袋上的伤口血还在往下流，连睫毛上都沾着血珠，而她居然忍住了这种疼痛在关键时候用纤弱的胳膊撑住了笨重的房板，如果不是她的这个举动，现在的凌安知已经成肉泥了。

“快走。”梁深晚浑身颤抖着就要撑不住了。

“我换你，你走。”凌安知自己都不知道怎么脱口而出了这句话。也许是一种本能，在她的深层意识里，梁深晚始终是她不能放弃的人。

“你傻不傻，”梁深晚嘴唇惨白，说话极其艰难，“我一动整个房子都会塌。凌安知，你不是说我有的都给你，你就能回头吗，现在我把唯一活着的机会给你，你回头呀！”

凌安知“哇”的一声眼泪开始肆流：“我不！我不要！你是我唯一的朋友，我不要你死！”

“滚！”梁深晚忍着泪水喊，极致的疼痛就是麻木，她只觉得胳膊的力气快要用完，“老子不是你朋友，我从没当你是朋友过。”

“晚晚，对不……”

“凌安知，你看到了吧，有钱人家的孩子有什么好的。你拼了命想成为的人，最后可能都不得善终，造成这一切的还是她最爱的父母。”梁深晚拼命忍住即将崩溃的情绪，大声朝她吼，“所以，滚吧！”

好气啊，想她梁深晚以往要风得风要雨得雨，却偏偏只真心交过凌安知那样的人做朋友，要是有下辈子啊，一定要做一个聪明人，万不可再被人骗成如今的模样，死了还要替别人扛板子，真是太蠢了！

好疼！她在凌安知转身的时候还是没出息地哭了，可是为什么啊，为什么要在那一瞬间做出这个奇怪的举动，她还是那么怕疼，那么怕死的人啊！

……

凌安知抱着方安呈从正在坍塌的房屋里滚出来的时候，看到周湳浦正以常人难以企及的速度向这里奔来，脸上是一副绝望震惊的表情，极度悲伤的气流仿佛正从他浑身上下每一个细胞里涌出。

他再也管不了身后的枪弹，一枚枚坚硬的金属向他飞来，擦破了他的军衣。

两人擦肩的时候，凌安知眼睁睁地看着一枚金色的子弹穿进了他的肩膀，血从衣服里飞溅出来落在灿白的碎石上。

她再抬头，身后的山顶再不是来时白雪皑皑安安静静的模样，它狼烟四起，赤红的岩浆挤破地表的束缚喷涌而出，顺着山体鱼贯而下，山上的树木悉数倒下，石块翻滚着往下砸。

凌安知脑袋一昏，连哭都不会了。混乱中，中东西装男冲过来问她要项链，她哆嗦着将手伸进了口袋。

可是脑海里，那个人强忍着疼痛说的那些话，就像针一样扎得她浑身抽痛。

“我把唯一活着的机会给你，你回头。”

“……你回头。”

“……回头。”

她拼了命地咬住自己的嘴唇，指尖触碰到那颗冰凉的宝石上，整个人像被电击中了一般。

“Hurry up！”西装男眼瞅着已经来不及了，粗暴地上前想要去抢。

千钧一发的时刻，一股难以明说的力量穿透了凌安知早已腐朽的心，那一刻她突然豁然开朗，眼前的光景不再是暗淡潮湿的，像是春天百花齐放的午后。

她挣脱了那人的钳制，握着宝石坠子猛地往远处抛去，流畅的线条在焰火奔放的空中划过，随后掉进万千碎石缝中。

她心中的瘴气终于排泄出，抱着方安呈没命地朝越野车那边跑去。

天灾面前，保命要紧。西装男大骂一声，只好撇下还在另一辆越野车上的军火和药品从即将坍塌的小屋后面率先逃离。左引和于丁宝用尽全身力气将周湳浦拖到中东人留下的车里，逃命前顺便将凌安知和洛长白一并捡走。

两辆越野车都将油门踩到最底，车辆怒吼着冲向安全地带。

身后是汹涌肆意的滚烫岩浆，所到之处寸草不留瞬间化为灰烬，当那岩浆终于顺着山体流下，吞噬山前小屋时，周湳浦在车里如同困兽一般拼命挣扎嘶吼，他的眼睛里顿时失去了所有的光彩，世界之于他，从此只有灰白。

第十七章

DISHIQIZHANG

日出

炽烈的焰火熄灭，万物奔腾归于宁静的时候，头顶依旧星河灿烂，面前的山河满目疮痍，远处黄沙无限悠远地蔓延着。

所有事物都在寂籁的夜里找到归宿，唯有山风偶尔刮过将心境翻动。

西山顶上余温未尽，料峭春寒里裹着残破的灵魂，所有人都蜷缩在一角，仿佛不敢相信经历了这一场毁灭性的天灾之后，还能活着。

“归队吧。”左引率先打破了沉寂，但言语中却充满了不确定。可是军火和药品已经截获了，一切尘埃落定，在此逗留并无意义。

“这些人怎么办？”宋西西指了指洛长白和凌安知以及凌安知怀里那个不知死活的方安呈。

左引看了一眼周湳浦，他周身苍凉如同风化的雕像，知道他现在无法正常思考，只能自己做决定。

这次的任务算不上成功，双方交易的物品虽然已经截获，可境外的犯罪团伙并没有完全抓捕，火山爆发之后趁乱逃跑了两个。国内这边，负责此案的相关警察已经联系了他们，正往这边赶来。有没有罪轮不到他们去审判定夺，可他们却有义务保护这些人的生命安全。想到这里，左引将手中的烟头掐灭，拧了眉头说：“通知关咲。”

宋西西随即低头开始联络关咲。

左引发动车子，轮胎在碎石上滚动了两下。

凌安知麻木地随着车身的颠簸左摇右晃，现在的她只想赶紧离开这个鬼地方，不管那帮中东人今后会怎么打击报复，她都不想再参与这场争斗了。以前她总觉得梁深晚蠢不可及，但其实她是活得比谁都通透的人吧。她们都是对自己想要的东西拼尽全力的人，可是梁深晚并不会像她这样不择手段。

她咬着牙拼命忍耐希望不要哭出声，她朝那栋已经化成灰烬的小屋遥遥望去。

她祈祷有奇迹，那个家伙不是一向都福大命大的吗，她怎么就没有从灰烬中爬出来，站在高高的地方冲她挥手，冲她笑，冲她说——凌安知，你看我还在这里。

“停车！”周湳浦突然下达命令。

配合默契的左引随即踩下刹车，周湳浦抽出枪上膛扣扳机，一秒都没有犹豫，众人回神的时候子弹已经从窗户穿了过去。

只听“啊”一声惨叫，不远处有人影倒下。这就是周湳浦，即便心头已经因为梁深晚悲伤到了极点，可是在面对敌我的时候，依旧能第一时间做出最本能的反应。

剩下的三个人立马警惕起来，拔枪进入战斗模式。

洛长白听到枪声哆嗦着赶紧趴倒，恨不能钻到座椅下面。

于丁宝用红外望远镜观察了四周并没有见到其他可疑人物。周湳浦指挥其他人留在车内，他一个人趁夜黑摸索着下到车外，脚底踩上了西山脚下的碎石，尽管已经很小心了，但细微的声响还是避免不了。

和他们往相反方向逃亡的那两人，一定是中途不死心趁乱追了过来，停在他们身边也不是一时半会儿的事情。

刚才他根据对方亮枪时枪身折射的光解决了其中一个，那么另一个一定会有所警惕，现在双方都在暗夜里，他不敢大意，顺着刚才射击的方向摸索前进。

忽然，坐在车内的凌安知叫了起来，他刚一回头，对方立马发动了车子，一溜烟往西山边境开去。

周湳浦忍着冲天的怒火一脚踹开车门，对视上凌安知眼睛里是一种恨不得将她千刀万剐的想法。

凌安知狼狈地举起一部手机，那是她之前用来和对方交流的通讯工具，她激动得话语不全：“晚晚，他们，在他们手里，晚晚在他们手上，要我们拿药去交换。”

“不可能！”左引一把夺过她手上的东西，“那种情况下，我们都来不及，他们怎么可能会有时间把梁深晚救走，这是陷阱。”

周湳浦定了两秒钟，眼瞅着那辆车已经开离他们越来越远，来不及思考，他果断下达命令：“我一个人去，左引和西西开车尽量把他们送到安全地方，务必亲自送到警察的手中。”他双目赤红，“丁宝留在边界接应。”

在来之前，他们对对方手上有多少人并不是很清楚，重新追回来的那两个人自然不是来跟他们正面交锋决一胜负的，对方目的很清楚——把他们引到边境线。

他当然知道这是陷阱，却是一个不得不去跳的陷阱。

“你疯了？”左引不同意，冲他吼，“你知道山后是什么吗？可能埋伏着大量的恐怖武装，他们就等着你去跳，你看不出来吗？我们的任务到这里可以结束了！”

“我知道。”周湳浦跳下车，黑暗中看不清他的表情，“要是我……没能回来，左引你接替我，丁宝也迅速撤退。”

左引气得一脚踹向车门，但下一秒却立刻跟着周湳浦跳下了车，不等周湳浦回神一拳砸到他脸上，趁他一个趔趄倒下后马上跪到他身上，不依不饶地再补两拳，边打边骂：“我稀罕接替你，你以为你是谁？你那么想死，我他娘的今天就让你死在我的眼皮底下。”

“左副队！”宋西西和于丁宝立马冲下车去阻拦，“你干什么啊？”

“我干什么？看不出来是在成全你们周队吗？”左引气恼地踢了一

脚下西山下的碎石。

周湳浦趁机站起来，一声不吭地继续往前走，左引又一个狼扑，周湳浦再倒。

于丁宝和宋西西拉不过来，左引嗓子哽得难受，一双苍劲的大手死命抓着周湳浦的肩膀，周湳浦要去送死，左引怎么可能不知道原因。

那年，左引因为当了桀骜不驯的市井混混，被家里人强制送到部队，因为身体素质过硬再加上综合表现强大，被“天鹰”的陈大队看上带了回去。他初次见到周湳浦的时候，周湳浦还是一副读书人的气质，沉静地坐在宿舍里，手上拿着一本《战国策》看得很认真。白净的面庞、白细的双手、清亮的眼睛，一看就是没有吃过苦的什么二代。左引为此故意走到他面前冷哼了两句，他眼都没有抬过一下。

听说他是在全国最好的军事高校毕业，在校期间表现得十分抢眼，那样的人有千万条更好的出路，左引怎么也想不到他来这种随时都会送命的部队的理由。

后来，两人一起出任务，遇到了生死抉择，周湳浦也是把生还的机会给了左引。左引不同意，他贴在悬崖上笑了出来，他说，我活着很痛苦，也是想了好久总觉得死得其所才不枉这一生，来特战队之前就是为了有一天能光荣地死去，不要在思念和悔恨中苟且度日，我已经很满足了，我已经觉得这样的死法很无憾了。

左引想不到那是一个什么样的女人，能够把周湳浦折磨成那样，但是他替他不值。

他可能讨厌的从来都不是梁深晚这个人，而是就事论事地讨厌她的那个角色和身份而已，自私任性、无脑还自大，在她身上，左引根本就看不出有丝毫的闪光点。

可就是那个人，她一出现，就让周湳浦丧失全部理智。那并不是一个艰难的任务，甚至事先准备得无懈可击，只要从那间摇摇欲坠的土房子里出来，周湳浦便是上尉了，他又创造了一个传奇。可他们偏偏在那里遇到梁深晚……长达近十年的分离，她在他心中依旧鲜活跳跃，连一丝灰尘都不舍得让她蒙上。他说他要救她，不顾一切地把她带回了训练营地，守了她三天三夜。陈大队一怒之下要撤他的职，他连句反驳的话都没有说。护送她去支教的路上遇到的那帮人，人家已经说了要的是梁深晚，她手上有他们想要的东西，他还是瞒着她，瞒着组织将她放了。

陈大队给他将功赎罪的机会，让他们最后一次去抓捕走私，都要成功了，他却在看到她发来求救信号后，果断转身去找她。他被停职也要跟着她，他声嘶力竭地说她不是参与者，为了证明一路护着她。

他们在这个队伍里一同成长，一起面对过许许多多次死亡的威胁，左引当然看得出，周湳浦对军衔职位一点都不在乎，即便年纪轻轻有那么大的战功也不曾看到过他眼神跳跃的样子，他的世界永远黑白如同没有上色的图画，而梁深晚的出现，让他开始有了色彩。

可就算是那样又如何，他周湳浦的生命里不是只有她一个人啊，还有这么多在乎他生死的人，他都看不到吗？！

左引双眼赤红，死死地抓着周湳浦不让他挣脱，坚硬的碎石硌在他骨头上生疼，就算是这样他也绝不松手，他不能眼睁睁地看着他去送死，他心里清楚，那里不可能有梁深晚，不可能的。

一个从小就倔强如牛的大老爷们，在交火中多次受伤被子弹贯穿身体取子弹都硬是挺着一滴泪都没有流的人，此刻的左引泪流满面。

他最后的挣扎在西山尽头的枪声传来时结束了。

对方在警示，让他们赶紧带着东西过去。

周湳浦突然爆发腾身而起，拖上截获的药箱，将左引和宋西西还有于丁宝甩在身后，边向前走边把身上关于“天鹰”的东西一件件取下丢在身后。

当他整个人融进苍茫夜色深处的时候，他只是周湳浦。

走的时候他说：梁深晚是我这一生最骄傲的遇见，是我的爱人没错，但在此之前她是中华人民共和国的合法公民，救她是我义不容辞的责任，即便那是陷阱，我也没有不去的理由，即便那个人不是她，我也会去。

左引起伏不平的胸膛里有一股难以忍耐的火在蔓延。西山顶上的雪因那盛大的光火融化了不少，顺着山体流到他脚边，十分冰寒。

压在梁深晚身上的重量越来越重，恐惧和不安早就消失无影，最后盘旋在她脑中挥之不去的东西竟然是后悔当初。

当初不该去招惹周湳浦，不该在他一次次明确拒绝后还厚颜无耻继续纠缠，不该在任性说了分手后还对他念念不忘，不该在久别重逢后又对他情难自禁……若不是那样的话，就算今天她死在了这里，当他听闻老同学过世的消息时，最多只会感叹生命无常。可是以后怎么办啊，你一个人在这世上要怎么办啊！

当她做好等死的准备，身后响起了巨大的轰鸣，接着她整个身体被人从废墟中拔起，腿被水泥板刮出道道血痕，可她一点都感觉不到疼痛。恍恍惚惚中她也看到了雪山之巅壮美的爆发，甚至看到了周滴浦斗兽一般向她扑来的身影，她想大声呼叫，却在所有疼痛涌上心头的时候，痛苦地闭上了眼。

……

睁眼，下面是一片碎石山，尽头是和黄沙相接处的星空。

她被绑在车顶上，脑袋被抢顶着，寒风似刀刮过她的脸，睫毛上已经干涸的血迹让她很难把眼睛全部睁开。

四处扫视之后，发现那座爆发过的西山已经在她东边了，而不远处的边界标志明确地告诉她，她还活着，只不过她现在已经出境由人质变成了国际人质。

这瞬息即变的人生啊，真是一点小差都不能开。

交易领头的人拿着手机叽里呱啦地说着梁深晚听不懂的话，一会儿轻言轻语一会儿又暴躁狂跳，甚至还把枪从梁深晚脑袋上拿下来对着天空开两枪。

好像是在寂静的深夜里演绎的独角戏，梁深晚觉得有些好笑，便嗤嗤地笑了出来，扯得浑身都疼。

那人听到动静，转头来到了梁深晚的面前，用力把她低垂的下巴扳起来。

梁深晚以为他会出手打她，但没有想到他居然伸手抚上了她的脸，有些干燥和颤抖，他眉头紧皱好像想到了什么令他难过的事情。更让她没有想到的是，他居然将她身上的绳子松开，指了指西山边界，用不是非常流利的汉语说："走。"

梁深晚不可思议地看着他，大费周章地把自己从天灾手中救出来，然后绑来了这里，就这么轻易地放了她?

现在的犯罪片都已经是这个套路了吗?

她有些怀疑，但是那人推了她一把，她只好强忍着身体上的疼痛往前走。

西山脚下的碎石没有历经过洗刷和磨圆，棱角分明地在她脚下，每往前走一步都是煎熬。虽然这是第一次遇到这种事情，可她心里清楚，身后的那个人随时都会后悔。即便是有人来救自己，如果她没踏进祖国的边界，他们也不能轻易行动，因为他们代表的是国家，随便一个冲动的行为都可能引来国际问题。

所以就算她现在是走在刀尖上的，也一定要咬牙坚持过去，坚持了才能有希望。

在这高寒地区，天亮之前的凌晨格外难熬，冷寒的空气将她所有的热血都冷却了下来，她哆嗦着走进山脚下的浓雾里。

突然响在她脚边的枪声打破了她身体里的坚冰，像原本安静无声的牛群中突然响起了牧人鞭子的声音，所有牲口都开始奔走，那是本能对危险临近时做出的第一反应，她开始拖着不灵便的身体朝边界拼命奔走。

她努力吸着鼻子，冷刺刺的风灌进鼻腔好像瞬间就冻结了一样，刀割般的疼痛充斥着她的全身，她奋力地往前跑。身后的枪声不断地在她的脚边响起，却又不击中她，那人恶趣味的笑声和轻松追随的脚步声飘荡在浓雾中。梁深晚死死咬着嘴唇，将所有的恐惧压抑在嗓子里，借着撕心裂肺的抽噎释放在惊恐的眼睛里。

那人开枪的频率越来越快，就在梁深晚半只脚踏进边界的时候，那人一把冲上来揪住了她的头发恶狠狠往后一拽，就在她以为自己要重新甩在那些有棱有角的碎石上时，面前一闪而过的高大身影稳稳接住了她。

浓重的雾气当中，那人有着一双英气十足的眼睛，他温暖干燥的大手护在她的腰上，身体里有一股淡淡的高山云松的味道。

他喘着粗气在对方还没来得及做出反应开枪之前抱着梁深晚一个回转后旋踢，将那人踢到地上。

金属撞击碎石的声音传到梁深晚的耳朵里，她伸出双手攀附在来人的脖子上。来人终于垂下双眼，眼白里蔓上恐怖的红血色，鼻翼极速抽动，脸上的肌肉因用力过度都扭曲了。

倒在地上的人很快就起身，对着身后说了一句什么，所有事先埋伏好的人都像从地表深处冒出来的一样蜂拥而来，枪声四起。

而周湳浦，手无寸铁。

梁深晚因冷也因害怕抖动得不成样子，她抓着他胸前的衣服，绷紧了湿润的眼睛对他吼："你快走。"

“我不像你，一个人也可以活着，”周湳浦红着眼睛笑着说，“所以，从今往后的人生里，你可不能再跑了。”

梁深晚手心一空，周湳浦起身拖着来时手里拿着的箱子缓缓走向那帮人。枪声渐小，而他钻进浓雾中的高大身影渐渐变成了缩影，最后彻底消失不见。

耳边还有他温热的嘱咐：“等枪声停了，你就往边界跑，那里有人在等你。”

“周湳浦，你以为你真的是神吗？你以为你不会死是吗？”

“为了你，我不会死。”

“可是，子弹不长眼……”

周湳浦缓缓举起右手，虔诚又真挚：“之前每次活下来都觉得是侥幸所致，但我在此向你起誓，以后活着是我的使命，因你而在的使命，终生有效，永不更改。”

看着满身伤痕的梁深晚，周湳浦心如刀割，转身时，是对曾经荒蛮青春的无限悔恨——如果早知道，我们会经历如此劫难，我一定会在你第一次说喜欢的时候，就如你所愿。

一眼望不到顶的西山静默伫立见证了那场誓言，寒风呼啸依旧，什么东西撕破了天边的黑幕，有橘红的光穿透暗夜来到了她的身边。

他们背离着远去，梁深晚一脚踏进祖国的大地，身后枪声再度响起。

他说，日出时见。

于丁宝看着梁深晚一瘸一拐地走向边境，并没有去阻拦。远处太阳已经升起，彻底将夜幕赶走，只是暮春的清晨一片残花败柳的景象，让看见的人都忍不住想要落泪。

“我等你两个小时，若你还没回来，我便去找你。”梁深晚望着他，“你说错了，我一个人也是不能很好地活着的。”

他说：“日出时见。”

一夜激战，边境上的这座西山此时此刻依旧无声，它平静而庄严地端视着一切，看他们厮杀，看他们争夺，最后叹了一口气将所有的杀戮全然覆灭。

日出，一切又恢复了往日的平静。

梁深晚瘦削的身影向雾气还没散尽的地方奔去，一路上都是躺下的身体，有些还在喘气，有些已经僵硬了。

她强忍着想要呼叫他名字的冲动，他答应过的，他宣誓了的，他说他会为了她活着的，他是军人，他不能骗人的。

他说了，日出时见的。

可她抬头，目及四方，根本就没有任何一个还站着的人，所有人都躺在地上，所有人……

“骗子，骗子，骗子……”她大声嘶喊，喉咙一阵甜咸，浊气冲破了心肺她吐出一口污血。

就像别人说的——这世上以前那些为她遮挡风雨的人，现在一个个都变成了她的风雨。

他们利用她，背后操纵她，不顾亲情死活将她送来了这杳无人烟的蛮荒之地，看似幸福又温暖的人生早就只是一个假象，所有假象背后只剩一颗真心的时候，那颗真心却也因她消失了，成为压垮她生存希望的最后一根稻草。

她无力呐喊，太累了。

“阿深……”她倒下去，抬头仰望天空，那一穹碧蓝，好似世间美好从未远离。

有温热的液体从眼角四散，奔向这片炽热的土地，瞬间消失在焦灼的空气中，她好像看见他一身光芒背离太阳迎面而来，笑眼弯弯，高大颀长的身躯为她带来了这清晨的第一道温暖，他向她伸出手：“早啊。”

番外一

FANWAIYI

该指教的还是要指教

（1）校花评选

华高每年都会评选校花。

梁深晚读高一的时候对这种东西不是很热衷也就没有参与。

实际上高二那一年她依旧没什么兴趣，只不过是凌安知听说夺得校花的人可以获得著名服装设计师林灿亲自设计的小礼服一套，于是没有经过她的同意偷偷地将她的生活照传上了学校校花评选的论坛。

梁深晚得知情况的时候她已经冲出重围进入了学校前十。

要是放在其他情况她可能也不会下心思，关键是前两天才跟周湳浦又表白失败，她觉得如果被评上校花至少下一次再表白的时候会有一点胜算。

于是她就找了担任学生会主席的梁浅初，让他无论如何都要帮她成为新一届校花。

梁浅初果然没有让她失望，跟负责评选校花的负责人陈是打了招呼，梁深晚便被内定了。

本来这件事可以神不知鬼不觉，坏就坏在陈是和周滴浦是一个大院长大的孩子，平时互相到对方家里蹭个饭都是稀松平常的事。

周滴浦在饭桌上听到这个内幕的时候，一口饭汤差点喷出去。

之后更是在梁深晚拿自己是校花的噱头跟他强行表白的时候毫不留情地拆穿。

这件事，本来就可以这么完了，但有一天陈是去周滴浦家用电脑，惊讶地发现周滴浦居然用了梁深晚评选校花那张照片做桌面。

更吓人的是，陈是发现万年不近女色、两耳不闻窗外事的周滴浦参与了那次校花评选网络投票环节，居然为了给梁深晚投票破天荒地注册了校内论坛的账号，每天准时准点地投票。

被发现后，周滴浦警告陈是，绝对不能说出去，否则以后他就休想再来他家蹭饭。

陈是为了周妈妈可口的饭菜守口如瓶到现在也真的没说出去过。

（2）他们在一起了

周滴浦答应做梁深晚男朋友是在高中毕业的暑假。

分数出来，周湳浦成为华城理科状元，梁深晚的成绩在整个华高虽然不怎么样，但好歹过了本科线。

周湳浦关上查分系统，总算松了口气。

他爷爷周大司令说他没出息。

“我这还不是遗传您的。”

周大司令笑得嘴巴都合不拢：“像我好，像我好。那样人家梁家丫头将来就不会受委屈了。”

这边还在讨论，那边梁深晚的电话就打了过来，周大司令小声跟周湳浦说：“你可一定要跟她商量啊，她要是不愿意，你也不要勉强。”

周湳浦点了点头，不等他说话，那边梁深晚就带着鼻音浓重的腔调说：“阿湳，我估计不能跟你一起去首都了。”

“嗯，我知道。”

“我的成绩够不了那边的本科学校。”

“我知道。”

“你是不是查了？”这让她多少有点安慰。

“用脑子想也想得到。”何况我真的查了。

“哦，你一定会去京大吧？”他的那种成绩本来就是要上最好的大学的。

“你感冒了？”

她点了点头，但想到是电话他看不到就“嗯”了一声。周湳浦顿了顿试探：“你有什么理想吗？”

“有啊，成为你的女朋友，让你宠我、疼我、爱我。”

周湳浦动了动喉结：“我是说，除了这个。”

“这个都没法实现了，还想别的干什么？”

周湳浦恨铁不成钢：“那，如果这个我让你实现了呢？”

“那我就负责在家里美貌如花让你一直宠我、疼我、爱我……”她突然停了下来，“你刚说什么？”

周湳浦抓着手机的手，骨节泛白，心跳加速。良久之后，他说：“看在你那么执着的份上，那我们交往吧。”

梁深晚愣了两秒钟，接着一声尖叫从她房间里传了出去，吓得坐在楼上玩手游的梁浅初把手机扔了二丈远。

“你刚刚说的话，不许反悔知道吗？”

梁深晚贴着手机笑得一脸灿烂。

周湳浦隔着屏幕宠溺一笑：“不会。”

“啊啊啊，我太幸福了！”梁深晚在地上打起滚，“我可以见你吗，现在？”

“在此之前，你要告诉我，你有什么理想。”

“成为你的太太，给你生一堆小孩子，然后白头偕老……”

没救了！

周湳浦挂了电话，周大司令凑过来问：“我让你跟她商量，不是让你……哎，你跟那孩子说那些干什么？对于她们那种脑袋不会转弯的人你就要直接问，像我这样‘晚晚啊，你愿不愿意跟我一起去军校学习，做对军旅鸳鸯啊’！”

周滳浦看着周大司令那副老不正经的样子，突然有点心疼他奶奶。

“她受不了那个苦，还是算了吧，反正只要不去首都，她就能跟我在一个城市。”

周大司令才是恨铁不成钢：“这不在一起啊，迟早会出问题我跟你讲，不听老人言！”

不巧，被他言中了。

那一年国内最好的军事大学留有几个内部子弟名额，只要过了本科线就能申请到专业，周滳浦的成绩自然是不需要的，但周大司令还是出面要了一个，高考之前周滳浦跟周大司令说了梁深晚的事情。

没想到周大司令一点不犹豫，觉得孙媳妇也是内部人，倚老卖老地求了招生办的人老长时间，人家好不容易松口，梁深晚却没能去，最后名额让给了关家的孙女关咲。

梁深晚不知道这些，那个暑假她都沉浸在成为周滳浦女朋友的喜悦中。梁深晚过十九岁生日那天，周滳浦说要给她一个惊喜。

晚上约在周滳浦家所在的军区大院外，梁深晚穿着米色的碎花吊带裙站在路灯下，像风中的蒲公英。

周滳浦走过来，她就扑上去抱住了他，问：“什么惊喜？”

“我报了和你同一座城市的大学。”

但她眼里的兴奋却突然消失：“你为我放弃了京大？”

“我志不在那儿。没有你，我也不会去。”

梁深晚一直不相信，那天周演浦说的那句话是真的。

“那你，报了什么学校？”

“离你学校不远的那个军校。”

虽然那个学校也好，但比起京大还是差了点，梁深晚感动于他的牺牲，心里除了愧疚不安，更多是突如其来的小喜悦。

然而那喜悦并没延续很久，开学之后当她得知关咲也去了那个学校，她延续了一个暑假的美好心情便荡然无存。

从此开始了她不受自己情绪控制的灰暗人生。

（3）存钱罐君

他们不在一个学校的后果真的被周大司令言中了。

周演浦的学校管得严，平时不能出校门，所以尽管两人隔得不远，但差不多也就跟异地恋一样。

他们在一起之后的第一个圣诞节，周演浦送给她了一个存钱罐，水晶的。

梁深晚问他：“为什么要送我这个，用这个存钱会不会太慢了，你缺钱了还不如给我一张卡，我一次性给你打够。”

周演浦笑她庸俗：“给你一个可以由你决定见面的机会。”

“嗯？”

“你不是老抱怨我不能陪你吗？”

“事实！”她撇了撇嘴。

“那你以后每想我一次就往里面丢一枚硬币，满了的时候，我们就见面。”

“你说真的？”

周滴浦点头。

结果第二天下午周滴浦刚训练完，辅导员就告诉他，校门口有人要见他。

他跑过去，看到梁深晚一脸骄傲地拿着满满一罐硬币正在等他。

见他走近，梁深晚低着头不敢看他，小声说：“怎么办啊，我每分每秒都在想你，不到一上午就满了，我……”

周滴浦心头一软，上前一把将她揽在怀中。

那个时候啊，他就在想，就是这个人了，宁愿不要我自己，也不会不要你。

（4）梁深晚说了分手

老实说，周滴浦看到梁深晚在空间里发的那些心情，一开始还不相信。

那个时候还兴玩 QQ 空间，里面都是大家熟识的同学，共同朋友有很多。

那天周滴浦完成了一天的训练，回到宿舍洗完澡上床准备给梁深晚打电话的时候，发现自己的手机已经被打爆了。

有他爷爷的，还有他的高中同学，打开手机一看，都是在问他跟梁深晚发生了什么，怎么好端端梁深晚就在空间里说分手了。

他一头雾水地打开 QQ，立马找到梁深晚的，却发现自己已经被删了，后来还是关咲将梁深晚发的心情截图给他，他才知道自己被甩了。

那个时候，几乎是电话、QQ 所有的联系方式全部拉黑。

周湳浦除了觉得心在一瞬间被掏空，更多的是担心她出事，他以为凭她那么喜欢他，一定是因为遇到了什么事才会这样。

于是颠颠地跑回华城，结果人家已经潇洒到国外了。

周湳浦休学一年去欧洲的每个国家,每一个她可能回去的学校找她，那一年他简直是每天都处在崩溃的边缘。

后来，他回来了。据关咲回忆，周湳浦从欧洲回来就跟变了个人一样，不再像以前那么开朗，甚至都不爱搭理人了，用了最短的时间修完学分，一声不响地跑去当特种兵。

而梁深晚呢，她和周湳浦的学校隔得不远，凌安知说在街上遇到了周湳浦和关咲约会。梁深晚肯定是选择不相信，但不信归不信，看还是要去看看的。

结果刚跑到周湳浦学校的大门口，就看到周湳浦正抱着关咲，面对面的那种，关咲似乎是在哭，他一手抱着她的肩膀，一手拍着她的头，温柔地安慰她。

本来梁深晚就在因为关咲和周湳浦读了同一个学校而耿耿于怀，这下还被她撞个正着。她心里的憋屈和难过一下子涌了出来，对她和周湳浦之间的感情，她从还没有开始的时候就不自信，后来即便是周湳浦答应做她的男朋友，她依旧不自信。

为了给自己留下最后的自尊，她才选择了那种昭告天下的方式说分手然后假装潇洒地华丽转身。

之后二话不说买了机票飞回华城听从了梁家呈给她的安排，去国外留学。一去就是四年，再回来却发现全世界都没有周湳浦这个人了，不管她怎么找。

总结一句话——有什么话好好说，余生很长，该指教的还是要指教。

番外二

FANWAIER

该结束的还是会结束

关咲第一次见梁深晚是什么时候呢？

是初三的暑假吧，但是梁深晚肯定不知道。

那个时候她在梁深晚家附近的咖啡店打工。

梁深晚是常客。

她不喝咖啡，每次去都是要一杯热牛奶，然后选一个角落一点位置看言情小说。因为胡丹花管得严，梁深晚不敢在家里看，只能偷偷跑出来。

关咲一眼看到她的时候，她穿着一件深蓝色打底白色小碎花的吊带裙，长长的头发散在肩上。

她只是觉得她长得很干净，很清纯，多看两眼又觉得很漂亮。

梁深晚看书的时候并不安静，总是会根据剧情的走向改变自己的情绪。女主哭的时候她也哭，女主笑的时候她也笑，女主被男主吻的时候她脸红到脖根。

关咲就那样看了她一个暑假。一开始并不知道自己是喜欢上那个姑娘了，直到高中开学，她又在新生报到处看到了她。

她心跳狂乱，甚至一瞬间就理解了在最后没见到她的那些日子里，她自己为什么会那么心神不宁。

关咲和周湳浦从小就认识，他们一起上了华高，一起去学生会面试。

梁浅初对两个人的印象非常好，经过几轮筛选，两人成功入选。

在军训还没结束，期间梁浅初作为学生会主席想请新一批入选的同学吃个中饭，过程中大家建议玩“真心话大冒险”。

很恶俗的故事，轮到关咲的时候，梁浅初问她：“我和周湳浦，让你选一个的话，你选谁。”

“我选你妹妹。”关咲直接地告诉他，他没戏，我的性取向和你一样。

一开始梁浅初还以为是开玩笑，但随着空气逐渐安静下去，他意识到了两样东西：第一，他没了面子；第二，关咲是个变态。

于是他一冲动，加上喝了点啤酒，他抡起胳膊就想揍关咲顺便替他妹妹清理垃圾。

周湳浦起身为关咲挡住了，并且提议：“主席要是想打架的话，还是咱们男的对男的吧，我作为关咲的哥哥，你作为你妹妹的哥哥，我们打一架。你赢了，我和关咲随便你处理，要是我赢了，你得保证今天在座的各位把关咲说的话忘个一干二净，永远不传出去。”

梁浅初不是那种冲动爱惹事的人，听他那么说，顺着台阶就下去了。

只是他没想到，周滳浦看似瘦瘦的，力气却那么大，一拳打过去时他就蒙圈了。周滳浦脸上的伤是剩下的几个人看梁浅初倒下了，心里憋着口气围攻他，他才勉强挂了彩。

两人被教导主任喊去操场上罚站，梁浅初因为身体弱没站几下就倒了，不过他人说话算话，那件事，后来就真的没有传出去。

周滳浦和关咲当然也就失去了体验高中学生会生活的机会。

后来，两人阴错阳差地又一起去了“天鹰”。回忆往事，周滳浦问关咲，她喜欢梁深晚什么。

关咲说：“就是因为不知道原因，所以一直到现在都觉得无比羞耻，我竟然将一生最纯粹的爱给了一个同性，而这个人却一心扑在我最珍贵的朋友身上，你说，我怄不怄？”

关咲又问：“那么，你呢，你又是什么时候喜欢上她的，为什么喜欢她？”

周滳浦笑了笑，这个他回答不来。

他第一次见到梁深晚是新生报到那天，校园香樟树下她坐在自己的行李箱上，穿着朱红色的连衣裙、白球鞋，手上拿着雪糕在啃。

左脸上沾了黑色的巧克力，可她好像一点都介意，大口大口地咬着，一点女孩子的样儿都没有。

有些强迫症又有点洁癖的周滷浦很想走过去替她擦掉。

很奇怪的感觉，以往就算是别人再脏，他不看就是了，可是那次以后，梁深晚吃雪糕的样子一直在他脑海里挥之不去，像是着魔了一样。

再见到她，他已经知道她是梁浅初的妹妹，她在他被罚站的时候淋着雨走到了他的面前，她看了他几眼，张口就说“我要追你”。

他想笑，但忍住了。

之后的日子里，梁深晚真的实践了那句话，得空就在他面前晃。他说不上来是什么时候喜欢上她的，只知道喜欢上她了以后就一天比一天喜欢。

可他出生在那样的家庭，志向从小明确，即便当时还没有想过要成为特种兵，但只要是军人，能够给予对方的就会受限。他害怕自己会辜负掉对方那颗纯粹的心，害怕因为自己做得不够好，让她往后对爱情失望，更是害怕在不确定的未来，自己能够陪她多久。

那些问题，梁深晚自然是没有想过，可他从一开始就在思考了，不敢轻易接受只是因为想得太多。

没想到梁深晚越挫越勇，最终连他爷爷都看不下去了，给他出了那个一起上军校的主意，他才接受了梁深晚。

“我不服气。”那个时候关咲并不觉得自己没有得到梁深晚的喜欢是跟性别有关。

周湳浦坐在自己院子里看最新军事科技研究的相关资料，并不理会关咲。

关咲一把夺过他手上的书问：“敢不敢比比？”

周湳浦抬头问：“比什么？”

关咲蹲下：“看同样的情况下，梁深晚会更喜欢谁。”

“你输在性别上，一开始就不公平。”他将书重新拿回去，“再说，就算赢了又能怎么样？”

“你别小瞧人，至少我敢承认我喜欢她，我会跟她在一起。”

周湳浦不说话了。

之后，在华城一年一度的高中足球联谊赛中关咲用实力进入校队。本想在梁深晚面前表现一番，却没想到对方不仅不领情，还一怒之下将她是女生的事情给抖了出去。

梁深晚和周湳浦在一起之后，关咲多少有点受伤。

她跟周湳浦说：“你之所以会和梁深晚在一起，只不过是因为我没有跟她表白，我没有跟她说清楚，周湳浦，是我先认识她的。”

周湳浦说：“或许，她并没有那么适合你，关咲你应该往前看。”

“好啊，”她说，“最后一次，让我看看她对你的感情有多深，她有多信任你。你敢的话，以后我再也不打扰你们，我对她的那份心思我就埋了，从此自当没有过那回事。”

周湳浦从不怀疑梁深晚对他的感情，也深知感情最经不起折腾，更不怕关咲去跟她表白，他对自己多少还是有信心的。

只是，他和关咲从小一起长大，即便没有男女之间的感情，彼此之间也是如亲人一般的存在。关咲醉得稀巴烂跟他说的那些话，让他多少动了恻隐之心。

他说可以，他说他相信她，他说他想让关咲解脱。

关咲听到那里，就彻底释然了。比起周湳浦，她觉得自己对梁深晚的那份喜欢实在是过于狭隘和没有分量。

可她不甘心，她哭着说难过，哭着跟自己的青春告别，哭着结束自己苦涩的单恋。

梁深晚看到的周湳浦抱着关咲，在他们的眼里只是一个安慰，一个哥哥给妹妹，情敌给情敌的。

这些话，周湳浦从没跟梁深晚说起过。

梁浅初也一直遵守着君子协议没有告诉梁深晚。

在梁深晚的心中，关咲也一直都一个潜在的情敌，往后的漫长岁月里她依旧嫉妒她、看她不顺眼。

图书在版编目（CIP）数据

我无法学会与你告别 / 闻人可轻著. — 南昌 ： 百花洲文艺出版社，2018.4（2021.4重印）

ISBN 978-7-5500-2785-5

Ⅰ. ①我… Ⅱ. ①闻… Ⅲ. ①长篇小说－中国－当代 Ⅳ. ①I247.5

中国版本图书馆CIP数据核字(2018)第062264号

出 版 者　百花洲文艺出版社
社　　址　江西省南昌市红谷滩世贸路898号博能中心A座20楼　邮编：330038
电　　话　0791-86895108（发行热线）　0791-86894790（编辑热线）
网　　址　http://www.bhzwy.com
E-mail　bhzwy0791@163.com

书　　名　我无法学会与你告别
作　　者　闻人可轻
责任编辑　王俊琴　杨　萍
特约编辑　欧雅婷
封面设计　刘　艳
内页设计　米　籽
特约绘制　哈　鲁
经　　销　全国新华书店
印　　刷　北京时尚印佳彩色印刷有限公司
开　　本　880mm×1230mm　1/32
印　　张　9.125
字　　数　187千字
版　　次　2018年5月第1版
印　　次　2018年5月第1次印刷
　　　　　2021年4月第2次印刷
书　　号　ISBN 978-7-5500-2785-5
定　　价　45.80元

赣版权登字：05-2018-156